迦陵叢書

葉嘉瑩 主編

宋鄂州本花間集

〔後蜀〕趙崇祚 輯

迦陵叢書序

葉嘉瑩

做任何學問，文獻都很重要，尤其是最根本性的文本。諸生跟我商議，將詩詞善本廣泛印行，一來提供研究的基本文獻，一來親近原初的閱讀感受，但因時機不夠成熟，一直没有全面開展這個工作。現在迎來了良好的時機，公共圖書館資源的使用比以前更方便了，四色彩印的技術更加先進，成本也更加便宜。我們不可辜負時代，於是開始了這項工作。只是我年紀太大，一百歲了，只能審定一下書目，具體工作就由門人去做。希望他們努力，將最好的文獻盡量多地提供出來，不負讀者。承蒙大家的美意，使用「迦陵叢書」的名字，不勝慚愧。聊作短語，權充前言吧。百歲老人葉嘉瑩。

目録

宋鄂州本花間集叙録

鍾錦

《花間集》宋刊今存兩部，雖説有偶然性因素，但也足見當時這部詞集的風行了。由於晁謙之建康郡齋刊本没有缺頁，更受青睞，近年頗多影印；而這個鄂州本自二〇〇三年收入《中華再造善本》以來，再也没有影印過，受到的關注少些。何況今日的四色印刷技術，早非二十年前可比，重新影印頗有必要。

鄂州本比較特别之處在於，它是用南宋孝宗淳熙十一（一一八四）、十二（一一八五）等年的鄂州公文紙刷印的，因此以前被定爲淳熙間鄂州公使庫刻本。鄂州治所在江夏，即現在的湖北武昌。其實所用紙張的製造時間既有可能在刻版之後，也有可能同時，如果是存用的舊紙，更是在刻版之前，因此並不能僅據用紙斷定版刻的年代。此本版面漫漶處極多，時見斷版，故趙萬里先生推測：「此書原版疑刻於北宋末，中雜南宋初年補版。刻工余岩、吴永年、李浩等，他書亦無徵。」（《中國版刻圖録（增訂本）》，圖版二一八）那麽，其刻版時間就很有可能比南宋高宗紹興十八年（一一四八）的晁謙之刻本還早，只可惜是比較晚期的遞修後印本。

此本二册，卷一至卷五爲一册，卷六至卷十爲一册。封面用黄色灑金紙重裝，四眼裝訂，内頁則經重修爲金鑲玉式。頗有破損，下卷的書眉多見蠹痕。開本二十四點七×十六點九厘米，版框十七點四×十二點八厘米。半頁十行，行十七字。只是寫樣者時時顯得隨意，每行有少至十六字，多至十八、十九字者。字體不類宋刻常見的歐體、顔體、柳體，手寫痕跡較重，結體古拙。行間時有後人所加朱墨圈點。白口，左右雙邊。版心鎸「花間集幾」，下鎸頁數。序文爲補鈔，但版心仍有「序」字，下亦有頁數。頁數下有刻工名，但多數不能辨認，可辨識的有「陳彦」，及單字「彦」、「岩」、「浩」、「于」、「良」等。諱字有「絃」、「溝」缺末筆等。

楊紹和《楹書隅録》卷五説：「卷一前四葉，卷十後三葉及歐陽烱序、陸游二跋均佚。毛氏鈔補極工，惟卷尾三葉及子晉三印，辛酉之秋遭亂復失。世鮮宋槧，無由補寫，致可惜也。」如果楊氏所言確鑿，則此書在他手裏時比現在完整，且曾爲毛晉收藏，鈔補也出自毛氏。今見序文和卷一的前四頁爲補鈔，楊紹和一定認爲有所根據，故而他不再補鈔「卷尾三葉」，畢竟在他的時代「世鮮宋槧，無由補寫」。今以較晁刻，序文無「花間集序」之題，亦無「武德軍節度判官歐陽烱撰」一行，但序文末增加了「歐陽烱」的名字，無總目及「銀青光禄大夫行衛尉少卿趙崇祚集」一行，疑改變了原編面貌。但每卷卷首「花間集卷第幾」下皆注「幾首」，刻本俱有，補鈔的卷一卷首却没有，不知何以漏掉。卷一《楊柳枝》八首僅存第一首的一行十七字，後接《南歌子》七首的第三首，中間缺失一頁。版心下的頁數不清晰，卷一應該有八頁，現在僅存三頁，補鈔了前四頁，缺失了第六頁。卷十僅存六頁，之後殘缺部分如楊紹和所説，丢失之後不再補鈔了。但有個奇怪之處，最末爲李珣之《南鄉子》十首，但止於第七首「沙月静」，之後應該是第八首「漁市散」，頁面尚餘一行，却無字句，仔細辨認，似有剪貼的痕跡。這很容易讓人想到是持有者爲了兜售此書，弄出一個完整的假象，如不剪貼就被一下認出非全本了。看到這裏不免令人掩口，且不説卷十前就有全卷目録，一對即可，這個本子每卷最後都有「花問集卷第幾」一行，這裏却没有，不是一眼就看出了嗎？不但掩飾的手段不够高明，還白白損失了一行宋刻。估計在毛晉入藏之前就是如此，那時宋版書還不像後來那麽金貴。楊紹和説「毛氏鈔補極工」前還提及「陸游二跋」，是否原來的鈔補有陸跋？由於現在卷尾補鈔遺失，不得而知。但楊紹和説遺失的僅有「卷尾三葉」，實則遺失的《花問集》本文按照原書行款也應該有四頁，加上陸跋得有五六頁，故而很難判斷。

從書上鈐印可以了解此書的遞藏情況。上册書前護頁鈐海源閣「宋存書室」白文長印、楊以增「世德雀/環子孫/潔白」朱文方印、楊承訓「海源/殘閣」朱文方印。序文首頁版框外右下鈐「北京/圖書/館藏」朱文方印，楊紹和二印「臣紹/和印」白文方印（「臣」字朱文）、「彦合/珍玩」朱文方印，書眉右側鈐「宋存/書室」朱文方印。卷一首頁書題下鈐查有圻「聽雨樓/查氏有圻珍/賞圖書」白文方印，徐乾學三印「崑山徐/氏家藏」朱文長方印、「乾學／之印」白文方印、「健／菴」白文方印，目録後鈐「楊紹和／藏書」朱文長方印、周叔弢「周／暹」白文方印。卷五末頁版框内左下鈐「周／暹」白文方印。上册書後護頁有楊保彝題識：「光緒乙酉十月重加手裝。鳳阿記。」款下鈐有他的「保彝／私印」白文方印、「十二宋／硯齋」朱文方印。頁左下鈐「海原／閣藏」朱文方印。再後一頁右上鈐「冬生／草堂」朱文方印。此印不知屬何人，咸豐間夏寶晉有《冬生草堂詞録》，不知可有關係。下册書前護頁鈐楊紹和「瀛海／僊班」白文方印、「東郡楊／紹和彦／合珍藏」朱文方印。卷六首頁版框外右上鈐「宋存／書室」朱文方印，右下鈐「楊紹和／藏書」朱文長方印、「周／暹」白文方印。卷十末頁版框外左側鈐「北京／圖書／館藏」朱文方印、「周／暹」白文方印、「楊印／承訓」白文方印、「東郡楊氏鑑／藏金石書畫印」白文長方印。

可考見的收藏者，毛晉之後，是徐乾學、查有圻、楊氏四代（楊以增、楊紹和、楊保彝、楊承訓）、周叔弢，皆爲出名的藏書家。查有圻，字小山，浙江海寧人，查瑩田嗣子，乾隆、嘉慶間鹽商。《楹書隅録》説：「咸豐己未獲於都門，水西莊故物也。」水西莊即指查氏。如果「冬生草堂」印確屬夏寶晉，或許在查氏和楊氏之間，曾經歸夏寶晉所有。民國初年海源閣藏書散出，此書由周叔弢收得，最後捐給了北京圖書館。

鄂州本文字和晁本確有歧異，但大多兩通，提供了重要的宋代異文，很難説哪個更佳。即使被大家認爲訛誤較多的鈔補頁面，也保留了不少材料。現以序文爲例，略作辨別。以下四例應該是補鈔的訛字：「名高白雲」，「雲」晁本作「雪」；「文柚麗錦」，「柚」晁本作「抽」；「粗知預音」，「知預」晁本作「預知」；「羽盂之歡」，「盂」晁本作「蓋」。以下兩例不易分辨：「效春艷以争鮮」，「效」晁本作「奪」；「《清平樂》調四首」，「調」晁本作「詞」。以下一例：「響遏行雲」，「行」晁本作「青」，看似晁本不太通，但很可能爲了和「白雪」對偶，專門改變了用字。以下一例：「庶使」，晁本作「庶以陽春之甲，將使」，看似晁本字數較多，但文氣却不及這裏順暢。僅此一序，還是補鈔頁面，已可見其異文的價值。

宋代《花間集》的流傳一定很廣，不會只有這兩個版本，但時至今日，其他版本渺難尋蹤。只有毛晉汲古閣《詞苑英華》本跋云：「余家藏宋刻，前有歐陽炯序，後有陸放翁二跋，真完璧也。」陸跋落款時間爲宋寧宗「開禧元年十二月乙卯」，應該已到了公元一二〇六年。其本文字和鄂州本相近，如果不是出自鄂州本，也是和鄂州本來源相同的版本。甚至根據《楹書隅録》模糊不清的説法，鄂州本在遞修過程中某一版可能有陸跋，那毛晉的宋刻「陸跋本」就是鄂州本了。不敢妄斷，故以存疑。至於《汲古閣秘本書目》所云「北宋本」、「南宋板精鈔二本」，更是無從得知。因此，現在流傳的主要《花間集》版本皆出自兩個宋本。明正德十六年（一五二一）陸元大刻本、清光緒十四年（一八八八）徐幹刻《邵武徐氏叢書》本、民國間吴昌綬《景刊宋金元明本詞》本，皆出晁本。湯顯祖評本的文字也和晁本接近。舊鈔本裏最出名的是吴訥《唐宋名賢百家詞》本，雖説異文較爲混亂，但大體上還是接近晁本系統的。《詞苑英華》本、《四庫全書》本文字接近鄂州本，清末王鵬運《四印齋所刻詞》本直接出自鄂州本，《四部備要》又據四印齋本排印。四印齋本的刊刻很有意思，前四卷行款依照鄂州本，但將每行字數統一爲十七字，就時有參差，這個可以理解，可是後六卷經常將十七字緊縮到十八字，導致行款多有錯亂，未免讓人費解。總之，晁本雖然更多地受到關注，但鄂州本的文獻價值從未被忽視。

《花間集》編者趙崇祚，後蜀顯宦出身，但到南宋時竟已不爲人知。《直齋書録解題》卷二十一説：「《花間集》十卷。蜀歐陽炯作序，稱衛尉少卿字宏基者所集，未詳何人。」《四庫全書總目提要》卷一百九十九：「不詳其里貫。《十國春秋》亦無傳。案：蜀有趙崇韜，爲中書令廷隱之子，崇祚疑即其兄弟行也。」提要的撰寫者大概没有細讀路振的《九國志》，其中明確説趙庭（《九國志》用此字）隱：「子崇祚、崇韜。」但古人竟不及我們幸運，二〇一〇年成都市發現趙廷隱墓，出土了歐陽炯撰寫的《大蜀故太師宋王贈太尉徐兖二州牧謚忠武天水趙公墓志銘》，確知趙崇祚爲趙廷隱長子，趙崇韜爲次子，還有個史籍不見記載的三子趙崇奥。趙廷隱和趙崇韜以戰功顯赫當世，是後蜀孟知祥、孟昶的名臣，史籍多有記載，名聲皆在趙崇祚之上。自從《花間集》盛行，趙崇祚的名字纔爲人熟知，生平却仍然不詳。提要謂「不詳其里貫」，大概因爲《九國志》記載趙廷隱，不同版本就有不同説法，《守山閣叢書》本作「太原人」，《粤雅堂叢書》、《海山仙館叢書》本作「開封人」，而《宋史》卷四百七十九：「趙崇韜，并州太原人。」記載互有不同，説「不詳」顯得穩妥些。但趙廷隱墓志説：「族本天水，胙之土而命之氏，史不絶書。後因官□居□汴之浚儀，即大梁人也。」天水應該只是郡望，大梁就是開封，所以「開封人」比較可靠，但不知爲何會有并州太原的説法。宋馬永易《實賓録》卷六「忘年友」一條：「五代後蜀趙崇祚，以門第爲列卿，而儉素好士。大理少卿劉昺、國子司業王昭圖，年德俱長，時號宿儒，崇友之，爲忘年友。」宋朱長文《墨池編》卷一載「唐林罕小説序」，其中云：「罕長興二年，歲在戊子，時年三十有五，疾病逾時，閒坐思書之點畫，莫知所以，乃搜閲今古篆隸，始見源由。旋觀近代已來，篆隸多失，始則茫乎不知，終則惜其錯誤，欲求端正，將示同人。病間有事，其志不遂。至明德二年乙未，復病，迄於丁酉冬不瘳。病中無事，得遂前志，與大理少卿趙崇祚討論，成一家之書。」趙廷隱墓志：「長崇祚，銀青光禄大夫、守衛尉卿、判太常寺、事上柱國，是□□□，仕於昭代，言行相顧，詩禮兼聞。」後唐明宗長興二年是公元九三一年，後蜀高祖明德二年是公元九三五年，歐陽炯序《花間集》的時間在後蜀後主廣政三年，是公元九四〇年，歐陽炯作趙廷隱墓志的時間在廣政十四年，是公元九五一年，可知他在公元九三五年時爲「大理少卿」，公元九四〇年《花間集》編撰完成時結銜署「銀青光禄人夫行衛尉少卿」，公元九五一年升爲「守衛尉卿」了。這些是我們所知趙崇祚僅有的生平紀年。在趙廷隱墓志裏，歐陽炯自稱「門吏」，應該跟趙崇祚是平輩，替他父親寫了墓志銘，又寫了《花間集》序，交誼自不尋常。王國維《庚辛之間讀書記》有《花間集》一篇，考證「炯爲孟蜀宰相，蜀亡，入宋爲翰林學士」，名字一作「歐陽炳」，一作「歐陽迥」，蓋「因避太宗嫌名而追改也」。《十國春秋》裏還有一個「歐陽逈」，被認爲是「歐陽迥」的誤寫。後蜀滅亡在北宋太祖乾德三年（九六五），其時歐陽炯六十九歲。六年後，歐陽炯去世。趙崇祚的二弟趙崇韜在乾德三年的漢源坡之戰中力戰宋軍，不敵之後被擒。《錦里耆舊傳》記有後主孟昶歸宋後後蜀歸降官員敕目，其中没有趙氏兄弟的名字，以後也不再見於記載。趙廷隱卒於廣政十三年（九五〇），年六十六歲，以二十歲左右生子計，那時趙崇祚大約四五十歲，編撰《花間集》在三四十歲，估計去世於後蜀滅亡之時，應該在六十歲開外了，和歐陽炯年歲相仿佛。

趙崇祚自己的詞一首也没有流傳，却使得被他編入《花間集》的十八位作者在詞史上聲名赫赫，一般的唐五代詞選幾乎都會選録他們的詞作。其中温庭筠、皇甫松是晚唐人，温庭筠是唐詩名家，詞名更大，皇甫松的知名則主要靠了《花間集》。和凝身歷五代，後晉高祖天福五年（九四〇），拜中書侍郎、同中書門下平章事，《花間集》稱之「和學士」，則編集時和凝還是翰林學士承旨。韋莊、薛昭藴、牛嶠、魏承班、尹鶚、李珣是前蜀人，其中只有韋莊盛有文名，魏承班因跟其父宗弼在前蜀亡後不光彩地被殺而知名，其他人都因《花間集》傳名，薛昭藴甚至連名字都有異説。還有一個張泌，不詳，按照《花間集》的排序，大概也是前蜀人。牛希濟是牛嶠之侄，前蜀亡後降了後唐，因受命賦《蜀主降唐》詩不謗君親受到後唐明宗稱賞，從此知名。毛文錫、歐陽炯、顧敻，均身歷前蜀、後蜀，鹿虔扆、閻選、毛熙震，是後蜀人，這六人大概是趙崇祚比較熟悉的同僚，其中歐陽炯、鹿虔扆、閻選、毛熙震和韓琮，《十國春秋》説：「俱以工小詞供奉後主，時人忌之者號曰『五鬼』。」大概和陳後主的「狎客」一般頗有醜聲，但江總等的詩歌終於被否定，他們的詞却獲得較爲一致的肯定。孫光憲是陵州貴平人，先事荆南，後歸宋，趕上了統一的太平歲月，著作流傳較廣，名聲也就大了。從這十八位作者的情况來看，趙崇祚編選《花間集》絶非局限於西蜀一地的地方詞選，而是有囊括一代詞作的意圖，温庭筠、皇甫松、和凝的入選印證了這一點。只是限於他的處境，西蜀詞人的作品更好搜集罷了。南唐詞人之未能入選，引起不少人的遺憾，其實歐陽炯《花間集序》寫於公元九四〇年，編集更在此之前，而南唐立國在公元九三九年，李璟繼位則在九四三年，實在是時間趕不上。我們可以大膽地説，《花間集》是那個時代最完備的詞選集，爲詞史保存了最重要的早期文獻。

但從敦煌發現的《雲謡集雜曲子》以及早期其他詞集的編撰情况來看，大多注重宫調、詞牌而忽視作者，《花間集》的編撰就顯得有些異數，作者的地位被特别提高了。隨着這個改變，選詞的標準也改觀了，成了「詩客曲子詞」，所謂「西園英哲，用資羽蓋之歡；南國嬋娟，休唱蓮舟之引」（歐陽炯《花間集序》）。我想當時肯定頗有如《雲謡集雜曲子》，或《樂章集》、《山谷琴趣外篇》的俚俗風格的詞作，這些都被《花間集》淘汰了。那「五鬼」之一的韓琮，之所以未能入選，恐怕和這樣的選詞標準有關。也許在當時，《花間集》的影響尚未顯露，但至少在北宋中期以後，它作爲「近世倚聲填詞之祖」（《直齋書録解題》卷二十一）的意義就昭然於世了。

《花間集》作爲「近世倚聲填詞之祖」，並不是説，它開啟了詞這一體裁的全面興盛，一如《詩經》爲詩歌之祖，而是説，《花間集》最終確定了詞這一體裁獨有的美感特質，即所謂詞以婉約爲正宗。一般的解釋，認爲詞是應歌而作，多涉及歌女之容貌與情感，故宜婉約。但這樣一來，決定風格的成了叙寫的内容，其實《花間集》除了歌女的叙寫，故宫舊國、古跡邊塞、羈旅行役、風土景物等，未嘗不涉及，風格却基本一致。而《雲謡集雜曲子》、《樂章集》裏那些叙寫歌女的俚詞，因爲鋪陳的寫法，並不使人感到婉約。僅以内容解釋風格，恐怕太過皮相。後世以婉約與豪放並舉，仍難脱以内容解釋風格之嫌，但畢竟深入一層，看到言情和使氣之異最根本地導致了兩種風格的區别。只是習用既久，却忘了初時和婉約對立者實是鋪陳。李之儀《跋吴思道小詞》云：「至唐末遂因其聲之長短句而以意填之，始一變以成音律，大抵以《花間集》中所載爲宗，然多小闋。至柳耆卿始鋪叙展衍，備足無餘，形容盛明，千載如逢當日。較之《花間》所集，韻終不勝。」這裏當然還没有婉約的明確説法，但將《花間集》和柳永對舉，我們自可看作婉約和鋪陳的對立。胡寅《酒邊集後序》説到蘇軾詞時，講「於是《花間》爲皂隸，而柳氏爲輿臺」，也同樣將《花間集》和柳永對舉。我們很可以疑心在北宋中期之前，詞並非以婉約爲正宗，而是同時容納《花間集》和柳永的兩種風格。柳永詞中有大量和《雲謡集雜曲子》一脉相承者，這甚至是詞更爲原始的形態，鋪陳是其典型的風格，不過柳永將之發揮到了極致，成爲一個代表。本來趙崇祚《花間集》的編選，就是有意識地對抗近於俚俗的鋪陳風格，只是一時之間未能改變。經過了不短的時間，大家開始意識到鋪陳者「較之《花間》所集，韻終不勝」，這纔幡然改變。陳善講出了大家的心裏話：「唐末詩格卑陋，而小詞最爲奇絶。今世人盡力追之，有不能及者，予故嘗以唐《花間集》當爲長短句之宗。」（《捫虱新話》卷九）

因此，理解《花間集》的婉約，需要和鋪陳相聯繫。一般説來，俗語宜於鋪陳，文言就顯得簡約，風格更容易傾向委婉。文言的傳統，就使得「在中國詩裏算是痛快的，比起西洋詩，仍然不失爲含蓄的」（錢鍾書《中國詩與中國畫》）。因此，婉約和鋪陳的區别，首先在於文言和俗語的區分。《花間集》有意識地標舉「詩客曲子詞」，無非這個緣故。加上詞的興起正好趕上了晚唐詩的成熟，這種成熟根源於盛唐、中唐詩歌完成了漢語詞彙的典雅化，就使當時的詩人們能够比前人更加嫻熟地修飾字面，西昆體詩人説出了這一點：「楊文公（億）嘗戒其門人，爲文宜避俗語。」（歐陽修《歸田録》）《花間集》的詞人還是不自覺地爲時代風氣所感染，南宋的雅詞一派更是有意識地去效法了，如張炎説「字面多於温庭筠、李長吉詩中來」（《詞源》），沈義父説「要求字面，當看温飛卿、李長吉、李商隱及唐人諸家詩句中字面好而不俗者，採摘用之」（《樂府指迷》）。

但汲古閣《詞苑英華》本《花間集》陸游跋的第二篇却説：

> 唐自大中後，詩家日趣淺薄。其間傑出者，亦不復有前輩閎妙渾厚之作，久而自厭，然梏於俗尚，不能拔出。會有倚聲作詞者，本欲酒間易曉，頗擺落故態，適與六朝跌宕意氣差近，此集所載是也。故歷唐季五代，詩愈卑，而倚聲輒簡古可愛。蓋天寶以後詩人常恨文不迨，大中以後詩衰而倚聲作，使諸人以其所長，格力施於所短，則後世孰得而議？筆墨馳騁則一，能此不能彼，未易以理推也。
>
> 開禧元年十二月乙卯，務觀東籬書。

這比陳善只説「唐末詩格卑陋，而小詞最爲奇絶」更深入地講出了一個疑惑：爲什麽晚唐的詩不及詞？尤其當我們意識到，詞恰恰又是從晚唐詩取法的，這個疑惑就更加難解了，陸游無奈地説「未易以理推也」。

我們試圖對此疑惑進行一個反思，首先需要關注的，是漢語詞彙典雅化之後的優勢和劣勢。語言文字在不同的地域、不同的時代，自然會隨時隨地變易，有些能够恒久地被使用，大部分卻終將湮滅。那恒久被使用的，一似固定的規範，爲每個人所遵守，就是「雅」（「雅言」相對於「方言」來説，「雅」也是這個意思）；經歷了歷史的淘洗，謂之「典」。那恒久被使用的語言文字就是「文言」，「典雅」成爲其特色。「典雅」，王國維用「古雅」，意思是一樣的，其優勢如王國維所説：「古雅之能力能由修養得之，故可爲美育普及之津梁。」（《古雅之在美學上之位置》）修養之獲得，用的是所謂「窺陳編以盜竊」（韓愈《進學解》）的方法。「陳編」一定是恒久流傳的，也就是「典」，從中所「盜竊」的詞句必定是被每個人所遵守的，也就是「雅」。至遲在宋代，漢語詞彙典雅化的基本經典已經被確定了。雖然範圍不可能太窄，但就入門來説，一般通用的也不須很多，比如，五經、四史、先秦重要子書，名家别集雖多，蕭統的《文選》總是要爛熟的。若這些不够用，又不想太花氣力，還有類書可查。其實門檻也不能算太高。但是，這個方法在走向完善的同時，也走向了封閉。一旦由此形成固定的語彙系統，即使不觸及抒寫的對象，自身已經足够形成一套美學規範，哪怕言之無物，也能像模像樣了。「典雅」就從優越走向了平庸，這個劣勢從晚唐詩開始，在西昆體中尤其被放大。葉夢得《石林詩話》卷下那句「晚唐諸子爲之，便當如『魚躍練波抛玉尺，鶯穿絲柳織金梭』體矣」，正是對平庸開的一個玩笑。陸游説「唐自大中後，詩家日趣淺薄」，無非在講這個從優越走向平庸的趨勢，説「其間傑出者，亦不復有前輩閎妙渾厚之作，久而自厭」，指緣情體物之際技巧過於嫻熟，見了刻削的痕跡，失了渾厚的氣象，時間一久難免生厭。

但詞彙的典雅化一旦出現在詞中，情況竟完全不同，居然變得「簡古可愛」。對此，一般認爲有兩個原因。其一，認爲詞是應歌的曲子，無須如寫詩般顧及言志載道，所以態度真率，不虛僞，不隱諱，就是「本欲酒間易曉，頗擺落故態」的意思。這就彌補了晚唐詩缺乏真實體會的缺陷，將其詞彙典雅化的優勢突出了。「適與六朝跌宕意氣差近」，蓋六朝詩正處在魏晉與三唐之間，古意猶存，新巧未極，加之放曠的態度和詞之抒寫男女情愛頗有某種近似性，故而陸游如此比擬。另外還需注意，早期詞的直接敘寫多是平常的人生，很少有歷史性的宏大主題，選擇詞彙偏於「小」的感受，如劉熙載説「雖好却小，雖小却好」（《藝概》卷四），也增强了「簡古可愛」的趣味。其二，詞長短錯落的句式，在典雅詞彙的修飾下，似乎受到某種法則的節制，增添了一種欲飛還斂的别緻感，較之無節制的雜言有斂抑的力度，較之過於受限制的齊言又有飛揚的力度，互相牽制的力度改變了晚唐詩的平庸。比如，傳説紀曉嵐寫王之涣的七言絶句時漏了首句最後的「間」字，紀氏乃戲將之點讀爲長短句之詞：「黄河遠上，白雲一片，孤城萬仞山。羌笛何須怨？楊柳春風，不度玉門關。」還有對杜牧《清明》的重新點讀：「清明時節雨，紛紛路上行人，欲斷魂。借問酒家何處？有牧童遥指，杏花村。」重新點讀後的詩句，雖然所寫内容完全相同，但確實多了要眇曲折的姿態。這一對内容和形式兩方面的因素，確實不應該被忽視，但還不過只是淺層的原因。

況周頤就很不一樣，他説：「詞有穆之一境，静而兼厚、重、大也。淡而穆不易，濃而穆更難。知此，可以讀《花間集》。」（《蕙風詞話》卷二）夏敬觀解釋説：「詞全在神穆，詞之境最高者也，況氏説此最深。」「穆之一境」的提出，比陸游的論述更使人信服晚唐詞之勝於詩，這點陸游或許體會到了，但他還没有辦法説清楚。另外，況周頤言「境」，王國維言「境界」，現在無法考證他們之間有没有關聯，雖説《人間詞話》早在一九〇八年到一九〇九年發表，《蕙風詞話》直到一九二四年纔由其弟子趙尊岳刊刻。但就論詞來説，兩人都提到了同樣一個重要的美學因素。詞之爲應歌而作，不免「男子作閨音」，田同之《西圃詞説·詩詞之辨》説：

從來詩詞並稱，余謂詩人之詞，真多而假少，詞人之詞，假多而真少。如《邶風》「燕燕」、「日月」、「終風」等篇，實有其别離，實有其擯棄，所謂文生於情也。若詞則男子而作閨音，其寫景也，忽發離别之悲。詠物也，全寓棄捐之恨。無其事，有其情，令讀者魂絶色飛，所謂情生於文也。此詩詞之辨也。

本來詩賦中均不乏「男子作閨音」的作品，只是代言者多有實事，虛説者多爲托喻，像詞那樣「無其事，有其情」的確實少。故惠洪《冷齋夜話》記載：「法雲秀關西鐵面嚴冷，能以理折人。魯直名重天下，詩詞一出，人争傳之。師嘗謂魯直曰：『詩多作無害，豔歌小詞可罷之。』魯直笑曰：『空中語耳。非殺非偷，終不至坐此墮惡道。』」就很難講黄庭堅是强辯，代言之作本來可以「假多而真少」，只怕是法雲秀不解妙處。「空中語」的態度，不只回避了詞之應歌代言的倫理困境，還避免了直接的緣情體物，擺脱了叙寫中的利害關係，凸顯了一種置身局外的距離感。保持距離的静觀，就使景物或情感皆如其自身之本然般的呈現，這是「境」或「境界」産生的原因。王國維會心於叔本華的美學，懂得其中的學理，他説：「物之現於空間者皆並立，現於時間者皆相續，故現於空間時間者，皆特别之物也。既視爲特别之物矣，則此物與我利害之關係，欲其不生於心，不可得也。若不視此物爲與我有利害之關係，而但觀其物，則此物已非特别之物，而代表其物之全種，叔氏謂之曰『實念』。故美之知識，實念之知識也。」（《叔本華之哲學及其教育學説》）「實念」，德文是Idee，通譯「理念」，但在叔本華那裏有特别的用法，跟康德的「物自身」有些相近。而景物，甚至情感，擺脱現象的身份，如物自身般呈現，就是境界。可以説，叔本華以一種模糊的表述，用「理念」這個詞指示境界。呈現境界的可以是景物，也可以是情感，只是詩裏的景物多些，詞裏的情感多些。王國維對此能够敏鋭區分，他説：「境非獨謂景物也。喜怒哀樂，亦人心中之一境界。」那個著名的「無我之境」和「有我之境」的區分，衆説紛紜，其實就是景物、情感所呈現的兩種境界。他説：「古人爲詞，寫有我之境者爲多。」（《人間詞話》）正是看到在詞裏呈現境界的更多是情感。詩受玄學和禪宗的美學影響，多呈現景物境界，未免忽視了情感境界，王國維特别强調了後者，成爲他詞學理論最大的價值所在。他自詡：「然滄浪所謂興趣，阮亭所謂神韻，猶不過道其面目；不若鄙人拈出『境界』二字，爲探其本也。」（《人間詞話》）「探其本」當然不只是個術語的選擇，實是對境界之美更深入的理解。

如果説，王國維還只是從一般學理上對詞的境界作了宏觀概述，况周頤却從對《花間集》作家作品的細緻分析中作了具體論證。先看他「穆之一境」的總述，「静而兼厚、重、大也」。静，當與静觀有關，静觀之際，擺落利害，一切逐於外物的熱情自無從相犯，涵養既久，透出性情之厚，筆力之重，氣象之大，遂成就一個「穆」字。陶潛《勸農》詩云「傲然自足，抱樸含真」，差足形容。這個境界是詩中高致，多從超越世俗之志趣中見，故遠離感官享受，淡而穆顯得協調自然。不易在高致，易則在協調自然。但《花間集》的「穆」，却從聲色中見，然而「五色令人目盲，五音令人耳盲，五味令人口爽」（《老子》第十二章），所以「濃而穆」本是極不協調自然的。偏要以静觀臨此感官之享受，較之臨於拔出於利害之外者，就頗有難度了。能够看到《花間集》這一特色，便體會出它比晚唐詩的高妙之處。夏敬觀「詞全在神穆，詞之境最高者也」，大概正是和晚唐詩相比較而發的。有此「穆」之領會，對《花間集》的評價就全面了，而不僅限於常州派特别揭示的温庭筠和韋莊詞。况周頤講得很到位：「《花間》至不易學。其蔽也，襲其貌似，其中空空如也，所謂麒麟楦也。或取前人句中意境，而紆折變化之，而雕琢、勾勒等弊出焉。以尖爲新，以纖爲豔，詞之風格日靡，真意盡漓，反不如國初名家本色語，或猶近於沉著、濃厚也。庸詎知《花間》高絶，即或詞學甚深，頗能窺兩宋堂奥，對於《花間》，猶爲望塵却步耶？」（《蕙風詞話》卷二）這個評價有着詞史的視野，講了宋詞婉約一路中背離「花間」特色的兩類流弊：其一「麒麟楦」，即指緣情失「穆之一境」者，恐晏幾道未免此弊，何況餘子？其二「雕琢勾勒」，即指雅詞派之偏重於技，南宋所謂應社之作尤其如此。然後總説「尖新纖豔」者固非《花間》真諦，「兩宋堂奥」猶恐已啟馳騖之心，不及其神之穆。這段扣住緣情和技法來講，反顯境界與之相抵牾處，與「穆之一境」的正面論述，正可謂相反相成。

我們選取顧敻和歐陽炯兩家詞，結合况評，具體看一看《花間集》寫情的境界。顧敻《訴衷情》是很出名的言情之作：

永夜抛人何處去，絶來音。香閣掩，眉斂，月將沉。争忍不相尋，怨孤衾。换我心，爲你心，始知相憶深。

不過這寫法自是「無其事，有其情」，究竟所寫是閨人之怨，還是歌妓之怨，其實無法辨別，作者只是要將一種「透骨情語」達出，並不注意具體的事實環境。正是失去具體的事實環境，情感纔能愈加遠離和我的利害關心，被推遠去静觀。這和體物是一樣的，如畫山水只是要達出「玄對山水」的意趣，並不注意具體的山水實景，越是淡化實景越遠離和我的現實利害，越能從静觀中呈現境界。「永夜」最見孤寂之感，偏抛人於此際，此一層也；「何處去」見彼不能同心，遂加一倍孤寂，此又一層也；「絶來音」則於不能同心者初尚疑信兼半，至此終須要信矣，此第三層也。層層深入，只是極狀其情，並非抒發其濾，故陡然頓住，其下若不相接，做一客觀静物描繪。香閣之掩，眉之斂，月之將沉，不止「以我觀物」，更藉物之鋪陳，使我之情得以推遠一步。再接「争忍不相尋，怨孤衾」，較「永夜」二句更深入一層，「如之何勿思」（《詩·君子於役》）變而爲「惄如調饑」（《詩·汝墳》），但激烈語偏不放縱，一則中間静物鋪陳之效，一則結三語從對面着想，句不斷而意斷，使情感的抒發得以限制。王士禛《五代詩話》卷四引《知本堂讀杜》：「杜陵《月夜》詩……身在長安，神游鄜州，恍若身亦在鄜州，神馳長安矣。曩讀顧敻《訴衷情》詞云：『换我心，爲你心，始知相憶深。』是此一派神理。」正是這樣的神理，和「争忍不相尋，怨孤衾」之間又一頓挫，竟似空際轉身，熱情乃得以静觀出之。在極熱烈極透骨的情語中，竟呈現出静觀的境界，此所謂「濃而穆」，恐晚唐詩中未能一見。此等處確實需要小心，稍一不慎即流於抒情的泛濫，所以沈雄《古今詞話・此評》上卷引《蓉城集》說：「雖爲透骨情語，已開柳七一派。」讀者稍一不慎，也可能將這首認作柳七一派了，如陳廷焯說「末三語嫌近曲」（《詞則・閑情集》），似未能體會出妙處。還是況周頤說得恰切：「顧太尉，五代艷詞上駟也。工緻麗密，時復清疏。以豔之神與骨爲清，其豔乃益入神入骨。」（《餐櫻廡詞話》）所謂「工緻麗密」，濃也，「清疏」，境界也，「豔之神與骨」盡爲境界之用，則「其豔乃益入神入骨」，成就「濃而穆」之境。顧夐詞可謂此境之上佳者，《訴衷情》尤有代表性。

歐陽炯《浣溪沙》從愛情寫到了色情，雖說兩者時時難以區別，如顧夐「爭忍不相尋，怨孤衾」就很夾雜，但寫到這種地步實在很大膽了：

相見休言有淚珠，酒闌重得叙歡娛。鳳屏鴛枕宿金鋪。　蘭麝細香聞喘息，綺羅纖縷見肌膚。此時還恨薄情無？

這首雖有看似具體的事實環境，寫和歌妓的重叙舊歡，身份却並不是具體的，當然有可能就是作者，但更像是寫一般的嫖客和一般的歌妓。雖說文學作品似乎寫得越真切具體越好，但身份的模糊往往可以使所叙寫者具有普遍性，這就頗似叔本華說的「實念」，所謂「美之知識，實念之知識也」。擺脫了具體之物和我的利害關係，境界易於呈現。嫖客和歌妓之間還能發生什麽？情愛或許會有，肉慾却一定不缺，寫到色情似乎也不能説不合宜。這首先從情愛寫，本來嫖客和歌妓之間談不到長相厮伴，能够多見幾面，大概就算頗爲有情了。所以既然相見，便不要講什麽相思淚水，我們吃好了酒趕緊叙叙歡娱。這情愛寫得匆匆忙忙，忽然就轉，暗轉是把「淚珠」和「歡娱」相對，見出苦與樂之不同，但「淚珠」是情，「歡娱」是色；明轉是「鳳屏鴛枕宿金鋪」一句，直指床笫之歡娱，那本來就是這種關係最直接的目的。换頭二句，具體寫床笫之歡娱，結句却又似空際轉身，「此時還恨薄情無」，頗讓人想到《豎瓠集》裏趙孟頫的《贈管夫人詞》：「那其間我的身子裏有了你，你的身子裏有了我。」則兩情相悦之際，由色而至於情摯，遂將一切薄情之恨掃盡。可以説於静觀之際，忽然放縱，透過感官直達意志，一往無迴，真質逼人。所以况周頤説：「自有豔詞以來，殆莫豔於此矣。半塘僧鶩曰：『奚翅豔而已？直是大且重。』苟無花間詞筆，孰敢爲斯語者？」王鵬運所説「直是大且重」，應該是就這種一往無迴、真質逼人説的。可惜有些讀者難以理解，竟把這幾句和孫源湘的「綽約見肌膚，蒙茸珍火齊」視作「一路淫詞」，並且質問：「半塘大重之，何所見而云然？」（吴世昌《詞林新話》卷二）適見其自家的眼光和格調而已。這首詞可以説是另一種「濃而穆」之境，没有這個境界，這種豔詞要比「换我心，爲你心，始知相憶深」更是柳七一派了。

至於《花間集》中其他的作品，其實也多不離豔情的描繪，寫古跡往往是巫山、六朝宫殿，寫邊塞往往見閨情，寫羈旅行役也是征夫思婦之相思，寫風土景物仍見少年男女之哀樂，均可與上述詞作的美學品質同觀。當然也有不涉艷情的，但美學品質仍然相近，比如鹿虔扆《臨江仙》：

金鎖重門荒苑静，綺窗愁對秋空。翠華一去寂無蹤。玉樓歌吹，聲斷已隨風。　煙月不知人事改，夜闌還照深宫。藕花相向野塘中。暗傷亡國，清露泣香紅。

歷來以爲是詞中「《黍離》、《麥秀》之悲」（《詞則·大雅集》）的最早之作，從宋人蔡居厚《詩史》「虔扆工小詞，傷蜀亡，詞云（略）」（郭紹虞《宋詩話輯佚》卷下），到况周頤《餐櫻廡詞話》「鹿太保，孟蜀遺臣，堅持雅操。其《臨江仙》含思淒惋，不減李重光『晚涼天静月華開。想得玉樓瑶殿影，空照秦淮』之句」，幾無異詞。鹿虔扆也因此在無任何文獻記載的情况下，被視爲節操之士。其實他身列「五鬼」，没有理由只因此詞就高出其他四人，畢竟此詞的「《黍離》、《麥秀》之悲」本是子虚烏有。這一點很容易看到，却直到王國維纔説出：「《花間集》輯於廣政三年，首載此詞，此時後蜀未亡。若云傷前蜀，則虔扆固仕於昶矣。」（《鹿太保詞輯本跋》）這首詞很有可能是鹿虔扆憑吊前蜀某處遺宫的作品，應屬於寫古跡的一類，只是時代離他比較近而已。詞中不涉艷情，但唱歎婉約，雖寫得很明白，没有一句費解之處，但也没有一句直露之處，算是拓展了「花間」的内容，而保持了其風格。這對後世真正寫亡國之慨歎的詞産生了很大影響，陳廷焯説：「《黍離》、《麥秀》之悲，暗説則深，明説則淺。」（《白雨齋詞話》卷八）淵源不難窺見。

儘管《花間集》的小詞「最爲奇絶」，但其男女之情的叙寫實在不合士大夫的傳統，一開始就受到質疑。陸游跋的第一篇明確地進行了批評：「《花间集》皆唐末五代時人作。方斯時，天下岌岌，生民救死不暇，士大夫乃流宕如此，可歎也哉！或者亦出於無聊故耶？」即使况周頤給與了極高的評價，仍然要説：「唐五代詞並不易學，五代詞尤不必學。何也？五代詞人丁運會，遷流至極，燕酣成風，藻麗相尚。其所爲詞，即能沉至，衹在詞中。豔而有骨，衹是豔骨。學之能造其域，未爲斯道增重，矧徒得其似乎？其錚錚佼佼者，如李重光之性靈，韋端己之風度，馮正中之堂廡，豈操觚之士能方其萬一？自餘風雲月露之作，本自華而不實。吾復皮相求之，則嬴秦氏所云甚無謂矣。」（《蕙風詞話》卷一）看來中國的審美，豔情即使呈現出境界，仍算不得高絶，決不如日人之推重川端康成以禪宗的態度對待豔情。《花間集》的錚錚佼佼者，况周頤提到五代的韋莊，有定評的還有晚唐的温庭筠，所謂「温韋」，那纔是頂流的作者。

温庭筠和韋莊詞真正意義的發現，歸功於常州詞派，尤其是張惠言和周濟二人。張惠言《詞選》録温庭筠《菩薩蠻》十四章，評云：「此感士不遇也。篇法彷彿《長門賦》，而用節節逆叙。」以下對十四首詞逐首做了提示，全依《長門賦》篇法。《長門賦》從陳皇后失寵獨居寫起，歷述其在長門宮中望幸而不見之一日情事，最後以形諸夢寐結束。張惠言對這十四章的詮釋，認爲是寫女子與所歡分離獨居，從夢醒後寫起，前後情節俱於夢境中見，最後仍以夢醒收束。《長門賦》是順叙，《菩薩蠻》是逆叙。此外，前者述實情，後者作寄托。又録韋莊《菩薩蠻》四章，評云：「此詞蓋留蜀後寄意之作。」以下逐章以韋莊留蜀時事附會。這兩組《菩薩蠻》以後成爲常州派推崇的經典詞作樣本，所謂「温韋宗風」：「張氏（惠言）《詞選》，可稱精當，識見之超，有過於竹垞十倍者，古今選本，以此爲最。……小疵不能盡免，於詞中大段，却有體會。温韋宗風，一燈不滅，賴有此耳。」（陳廷焯《白雨齋詞話》卷一）只是張惠言體會雖深，却急於矯正詞學流弊，匆匆以漢儒説詩的舊路數來作表達，如陳廷焯批評：「張氏《詞選》，不得已爲矯枉過正之舉，規模雖隘，門墻自高。」（《白雨齋詞話》自序）周濟這纔提出「從有寄托入，以無寄托出」之説：「初學詞求有寄托，有寄托則表裏相宣，斐然成章。既成格調，求無寄托，無寄托則指事類情，仁者見仁，知者見知。」將張惠言的缺陷完美地彌補了，後來王國維極力矯正張惠言，其實並未超越周濟。同時，周濟還提出「詞史」説，將呈現在政治歷史之中的修養品質揭示出來。於是兩組《菩薩蠻》的美學意義得以區分，温庭筠十四章是「感士不遇」，韋莊四章是「詞史」。葉嘉瑩師藉助西方文藝理論，以「雙重性別」和「雙重語境」分別對之進行了學理性的詮釋，《花間集》最重要的兩種美學品質得以被全面理解。以下我們將兩組《菩薩蠻》作進一步的探討。

温庭筠《菩薩蠻》十四章自其表面來看，確如劉熙載所説：「温飛卿詞精妙絶人，然類不出乎綺怨。」（《藝概·詞概》）可是張惠言何以説「此感士不遇也」，周濟何以從旁附和，晚清諸大家又都信之不疑？《詞選》第一章批注：「『照花』四句，《離騷》『初服』之意。」透露了原因，他們潛意識裏有一個《楚辭》的傳統。王逸《離騷序》：「《離騷》之文，依《詩》取興，引類譬諭。故善鳥香草，以配忠貞；惡禽臭物，以比讒佞；靈脩美人，以媲於君；宓妃佚女，以譬賢臣；虬龍鸞鳳，以托君子；飄風雲霓，以爲小人。」就是「香草美人」以比忠貞美好的托喻傳統。温詞寫美人，所配合的物象皆極精美，遂與此傳統相吻合。《長門賦》寫陳皇后處於宫中，物象同樣精美，又同爲棄婦，這就引起張惠言聯想到它。《史記·屈原賈生列傳》説：「其志潔，故其稱物芳。」點出了這種托喻傳統背後的心理。我在年少時讀《安徒生童話》裏的《野天鵝》一篇，開頭説：「在這塊遼遠的地方住着一個國王。他有十一個兒子和一個女兒艾麗莎，這十一個弟兄都是王子。他們上學校的時候，胸前佩戴着心形的徽章，身邊掛着寶劍。他們用鑽石筆在金板上寫字。」「他們的妹妹艾麗莎坐在一個鏡子做的小凳上。她有一本畫册，那需要半個王國的代價纔能買得到。」（葉君健譯文）這些描寫並未給我奢侈的不適感，反倒覺得這些孩子一定非常的善良美好。傳統加上共同的心理，就是張惠言解釋的根據所在。葉嘉瑩師引用符號學的「語碼

（code）」進行説明，其實質也不過如此，只是傳統和共同的心理透過語言學表現了出來。

但何以温庭筠精美的物象描寫一定會帶來這樣的效果呢？這仍是一個需要解決的問題。儘管信之不疑者衆多，質疑者也不少。最著名的當然是王國維，他説：「固哉，皋文之爲詞也！飛卿《菩薩蠻》、永叔《蝶戀花》、子瞻《卜算子》，皆興到之作，有何命意？皆被皋文深文羅織。」（《人間詞話・删稿》）爲了繼續深入詮釋，譚獻做出了很重要的貢獻，他説：「又其爲體，固不必與莊語也，而後側出其言，旁通其情，觸類以感，充類以盡。甚且作者之用心未必然，而讀者之用心何必不然。言思擬議之窮，而喜怒哀樂之相發，向之未有得於詩者，今遂有得於詞。」（《復堂詞話》）説詞「不必與莊語」，當然是指詞本應歌之作，不必有言志載道的負擔；「側出其言」以下，則指詞可能之托喻；「作者之用心未必然，而讀者之用心何必不然」，是關鍵所在，以近於詮釋學的觀點指出文本可能包含的解讀潛能，這在當時是很超前的意識；最後綜合以上所述，提出詞具有的獨特美感特質。但譚獻的説法給了詮釋太多的空間，很有可能使讀者濫用解讀的權力。《菩薩蠻》的第一章確實出現過其他的解讀，如張德瀛説：「温飛卿『小山重疊』，《柏舟》寄意也。」（《詞徵》卷一）依據毛傳的解釋「《柏舟》，言仁而不遇也。衛頃公之時，仁人不遇，小人在側」，《柏舟》「小人在側」這點被特别强調，《菩薩蠻》却是含而不露，這個解釋點醒一筆，未嘗不可。只是講到「不遇」，《柏舟》過於具體現實，張德瀛的詮釋不及張惠言的空間更大。雖然談不到濫用解讀的權力，但再過一步，就走到了危險的邊緣。葉嘉瑩師則將譚獻指出的文本可能包含的解讀潛能，通過女性主義文學理論作了進一步規定，就是她提出的「雙重性別」說。她引用了美國西北大學教授勞倫斯·利普金《棄婦與詩歌傳統》（一九八八年）的觀點，說：「因爲在中國傳統社會中，除去如利氏所提出的，男女兩性因地位與心態不同，故男子難於自言其挫辱被棄，乃使得男性詩人不得不假借女性之口以抒寫其失意之情以外，在中國舊日的君主專制社會中，原來還更存在有一套所謂『三綱五常』的倫理觀念。」「三綱」就是「君爲臣綱，父爲子綱，夫爲妻綱」，於是君臣和男女之間就出現了一種對應的關係，逐臣和棄婦的倫理地位與感情心態往往相似。「所以利普金氏所提出的男性詩人内心中所隱含的『棄婦』之心態，遂在中國舊社會的特殊倫理關係中，形成了詩歌中以棄婦或思婦爲主題而却飽含象喻之潛能的一個重要的傳統。」（葉嘉瑩《論詞學中之困惑與〈花間〉詞之女性敘寫及其影響》）温詞也許只是寫棄婦，但「飽含象喻之潛能」通過精美的物象，起到了《離騷》「美人香草」的效果。在這個基礎之上，「作者之用心未必然，而讀者之用心何必不然」就被規範在合理的界限之内。

不過温庭筠全部的十四章，肯定不是圍繞一個確定主題寫的，張惠言必以《長門賦》爲參照，强行看作一組有着嚴密章法的組詞，實在是他最顯著的缺點。即使接受張惠言說法的讀者，也很難認可他的組詞之說。如丁壽田等《唐五代四大名家詞》甲篇說第一章：「此詞表面觀之，固一幅深閨美人圖耳。張惠言、譚獻輩將此詞與以下十四章一併串講，謂係『感士不遇』之作。此說雖曾盛行一時，而今人多持反對之論。竊以爲單就此一首而言，張、譚之説尚可從。『懶起畫蛾眉』句暗示蛾眉謡諑之意。『弄妝』、『照花』各句，從容自在，頗有『人不知而不愠』之慨。」算得持平之論。但温庭筠詞的特色，以客觀刻畫精美的物象爲長，有些刻畫有明白的脉絡，如第一章，有些刻畫則没有明白的脉絡，如第二章：

水精簾裏頗黎枕，暖香惹夢鴛鴦錦。江上柳如煙，雁飛殘月天。　藕絲秋色淺，人勝參差剪。雙鬢隔香紅，玉釵頭上風。

物象或在室内，如一二句，或在室外，如三四句，或爲外物，如上闋，或爲衣飾，如下闋。而且相互之間不但没有關聯，甚至有所衝突，上闋物象決爲晚景，下闋衣飾却必是白日所用。故此章的解讀完全不能採取第一章的方法，「美人香草」的托喻無所措置。實則仍是一種境界的呈現，只是既不同於景物之境界，也不同於情感之境界，而是介於兩者之間，以跟我們利害關心較近的物象呈現境界，於是若有我、若無我，敞開了一個容納多種意義更爲寬廣的場域。其實跟顧敻、歐陽炯的詞例，在美學的品質上並無二致。但境界因遠離利害關心，就和道德的善有趨同處，加之精美的物象也易於引起品質美好的期待心理，温庭筠的詞就會較之顧敻、歐陽炯等，更容易引發托喻的思考。不過如此没有脉絡的物象描繪，實在難於附以托喻，張惠言就想到將《菩薩蠻》這個詞牌之下的全部十四章看作一組組詞，然後從前後物象的重複中附會以脉絡的關聯。第二章成爲一個關鍵的聯結點，評語説：「『夢』字提。『江上』以下，略叙夢境。『人勝參差』、玉釵香隔，言夢亦不得到也。『江上柳如煙』是關絡。」其實未免大言欺人，這些「提」、「關絡」等都很隨意，純在字面、物象的重複處附會。即便如此，也很難附上托喻，遂不惜以似懂非懂的方式作解説，「『人勝參差』、玉釵香隔，言夢亦不得到也」，這一句真的很難理解。如果王國維批評張惠言「深文羅織」，不是指「此感士不遇也」的托喻，而是指組詞的關聯脉絡，那是毫無問題的。

温詞之客觀刻畫物象，正需如此密集濃麗，纔易於使境界和對於美好品質的期待結合起來，飽含充分的潛能。一旦過於疏散清淡，反而失去了那樣的潛能。陳廷焯説：「飛卿《更漏子》三章，自是絶唱，而後人独賞其末章『梧桐樹』數語。胡元任云：『庭筠工於造語，極爲奇麗，此詞尤佳。』即指『梧桐樹』數語也。不知『梧桐樹』數語，用筆較快，而意味無上二章之厚。胡氏不知詞，故以『奇麗』目飛卿，且以此章爲飛卿之冠，淺視飛卿者也。後人從而和之，何耶？」儘管未能明確説出原因，但能够準確判斷出温詞的優劣之處，應該説是頗有眼力的。韋莊的特色正好和温庭筠相反，他没有那麽濃麗，清樸質直，但仍能飽含充分的潛能。引得陳廷焯大加稱賞：「韋端己詞，似直而紆，似達而鬱，最爲詞中勝境。」

（《白雨齋詞話》卷一）這樣的特色就使得韋莊詞在「雙重性别」下，不再依靠「其志潔，故其稱物芳」的方式，而是從物象字面深入到情感的本質中，不知這是不是陳廷焯所説「最爲詞中勝境」的意思。況周頤直接表達了韋莊勝於温庭筠的意思，這在常州派的傳統裏是突破性的，畢竟《詞選》只選了他《菩薩蠻》四章，認爲韋莊的開拓性只在於「雙重語境」之下，而「雙重性别」的作品一首未録。《歷代詞人徵略》卷五：「韋文靖詞，與温方城齊名，熏香掬豔，炫目醉心，尤能運密入疏，寓濃於淡，《花間》群賢，殆鮮其匹。」況周頤的説法更有道理，韋莊「雙重性别」的作品其實頗多，信手拾取，都比温庭筠更能見出托喻的可能。如《謁金門》：

空相憶，無計得傳消息。天上常娥人不識，寄書何處覓。　新睡覺來無力，不忍把君書跡。滿院落花春寂寂，斷腸芳草碧。

上闋是應歌之詞中很常見的内容，寫女子相思，希望月亮能够替自己照見那人。敦煌曲子詞裏就有：「天上月，遙望似一團銀。夜久更闌風漸緊，爲奴吹散月邊雲。照見負心人。」不管這首詞是不是代言的，它無疑更符合歌妓的真實想法，畢竟在女子看來，負心的男子更該斥責。但如韋莊這首，代言的實是男子，自不願寫出女子對自己的斥責，寫的只是思念。首二句寫絶望，一切消息都没有了，足見必是男子之負心。自己的思念雖空無意義，但必曾以種種不現實的方式做掙扎。三四句寫道：我想月中的嫦娥一定能够看得見他，我能請嫦娥替我帶個話嗎？可是没有人認識嫦娥，怎麽帶信給她呢？無效的掙扎讓絶望陷得更深，已經使人提不起任何興趣，除了沉睡，幾乎没有什麽可以去做的，看了無數遍的他的舊信更是不忍再拿起來。春日自來自去，空留下滿院落花，而自己呢？「離恨恰如春草，更行更遠還生。」這一首和熟知的《思帝鄉》完全不一樣，那一首以蓬勃有力的樂觀態度「擇善固執」，給人以積極的希望，更容易受到欣賞。這一首是絶望的，在絶望中只是堅忍，持續地承受着人生的虚無。經過「雙重性别」的視角，這樣的堅忍也超越了情愛，成就爲一種特殊的勇氣。康德説：「如果逆境和無望的悲傷完全奪去了生命的趣味，如果不幸的人内心堅强，對自己的命運憤怒多於怯懦和沮喪，期望死亡，不愛生命却保存生命，不是出自偏好或者恐懼，而是出自義務，在這種情况下，他的準則就具有一種道德的内容。」（《道德形而上學的奠基》第一章）韋莊「似直而紆，似達而鬱」的特色，正是因爲任何率直的叙寫中都能自然流露出某種可貴的品質。

但韋莊詞更被重視的，還是如《菩薩蠻》四章那樣「雙重語境」的作品。《花間集》裏《菩薩蠻》調下凡五章，選入《詞綜》時朱彝尊删去了第四章，由於《詞綜》在清代極爲流行，後來很多選本都以此爲根據，張惠言也不例外，所以《詞選》沿襲了並將之看作四章一組的組詞。此後常州派就没有再改變，周濟《詞辨》、譚獻《復堂詞録》、陳廷焯《詞則》無不如此。實際上被删去的第四章還是值得注意的：

勸君今夜須沉醉，罇前莫話明朝事。珍重主人心，酒深情亦深。　須愁春漏短，莫訴金盃滿。遇酒且呵呵，人生能幾何。

我並不覺得這章比其他四章遜色，尤其韋莊的《菩薩蠻》確實是組詞，不像温庭筠每首都是單獨自足的，只把這章删去不太合適。朱彝尊删去這首的考慮，必是出於門户的私見，缺乏詞史的全面觀。這倒並非故意爲難，《詞綜》的編撰確有總集的抱負，本不應該過分局限於門户之見。朱彝尊是姜夔、張炎一派，選詞遵循了這一派的看法：「詞欲雅而正，志之所之，一爲情所役，則失其雅正之音。」（張炎《詞源》卷下）故在雅正的要求下，言情不能過於明顯，需要受到詞法的軌約。但這個第四章不止言情，頗近於使氣，氣之奔放不易被詞法軌約，想來一定讓朱彝尊感到不够雅正。但從詞史的角度看，這章或許可以看作豪放詞的濫觴，而且並不叫囂，還是佳作。只是使氣（這是豪放詞的主要特點）於《花間集》算是别調，在常州派的早期，也還不能適應，便都沿襲了朱彝尊。但在韋莊來説，他清樸質直，無論言情、使氣，都不加掩飾，甚或直用賦筆，其好處絶不能以雅正爲衡量的標準。陳廷焯很明白這一點，他説：「韋端己《菩薩蠻》四章，辛稼軒《水調歌頭》、《鷓鴣天》等闋，間有樸實處，而伊鬱即寓其中。淺率粗鄙者，不得藉口。」（《白雨齋詞話》卷十）但詞之不宜豪放的積習也一直影響着陳廷焯，儘管他稱道韋莊詞「最爲詞中勝境」，還是認爲稍遜於温庭筠：「詞至端己，語漸疏快，意却深厚，雖不及飛卿之沈鬱，亦古今絶構也。」（《詞則·大雅集》）

周濟選《詞辨》還在早年，晚年觀點更進，對於辛棄疾評價提高，故《宋四家詞選》將辛棄疾與周邦彦、吴文英、王沂孫同列，以「領袖一代」。但《宋四家詞選》没有選唐五代詞，《詞辯》選韋莊詞全同《詞選》的《菩薩蠻》四章，未能更多地了解他對韋莊的全面看法。但我相信這《菩薩蠻》四章，正是周濟的「詞史」説揭示出了意義。他説：「感慨所寄，不過盛衰，或綢繆未雨，或太息厝薪，或己溺己饑，或獨清獨醒，隨其人之性情學問境地，莫不有由衷之言。見事多，識理透，可爲後人論世之資。詩有史，詞亦有史，庶乎自樹一幟矣。」（《介存齋論詞雜著》）「詩史」和「詞史」是不同的，前者在於以詩反映社會歷史，後者則在於日常的叙寫中透出了一種普遍性的時代感。因此，周濟强調「隨其人之性情學問境地」，面對「盛衰」而發其「由衷之言」，這種「由衷之言」很近似「雙重性别」下「不必與莊語」而自然流露的日常叙寫，却能「見事多，識理透」，成爲後人更加切近的認識時代的史材。「性情學問境地」的綜合，對作者的要求極高，韋莊恰好適當，他是前蜀的宰相，修齊治平的抱負比普通士人更遠大。《花間集》之後到北宋早期的名詞人，不僅詞才可與韋莊媲美，身份地位也不輸他。馮延巳是南唐宰相，中主、後主是南唐君主，晏殊是宋代宰相，歐陽修官至參知政事，輔助宰相處理政務。如果借用清人「近世經師多工小詞」（譚獻《復堂詞話》）的説法，説「五季、宋初帝君宰輔多工小詞」，似乎更爲恰當。詞名和地位的匹配，決非偶然的巧合，這是「詞史」説在詞的發展歷史上的具體體現。

葉嘉瑩師説：「南唐之詞與西蜀之詞原來確實有一種共同的美感特質，那就是其詞作之佳者，往往在其表面所寫的相思怨別之情以外，還同時藴含有大時代之世變的一種憂懼與哀傷之感。」（《論詞之美感特質之形成及詞學家對此種特質之反思與世變之關係》）這就是「雙重語境」的詮釋，我認爲正是周濟「詞史」説的一個發展。但她的説法更可能直接源自王國維的「境界」説，儘管王國維通過叔本華哲學揭示了詞中情感作爲境界呈現的美感特色，但他的「境界」説實在是個非常混雜的學説，「雙重性別」和「雙重語境」下的詞之美感也混入其中，他不作區分，葉師則將之做了明確的判别。王國維混入的東西其實來自周濟，周濟又來自張惠言，仍是常州派一脉。那麽葉師經過王國維這個中介，其「雙重語境」説上接周濟的「詞史」説，就不難理解了。

韋莊《菩薩蠻》四章自然有很明顯的世變之影響，但張惠言的解説仍是漢儒説詩的舊路數，未免同樣陷入了附會，這裹的情況則是以「詩史」取代了「詞史」。陳廷焯雖處在張惠言的影響下，但當他説「深情苦調，意婉詞直，屈子《九章》之遺」，實際已經有了進展。他將温庭筠、韋莊的《菩薩蠻》分别比作《離騷》和《九章》，窺破了「雙重性别」和「雙重語境」的區别，這裹只比擬屈子的情感，而不落實韋莊的境地，非常接近「詞史」説。也因此使他的眼界更開闊，不再局限於《菩薩蠻》四章講「雙重語境」，他看到《歸國謡》「别後只知相愧，淚珠難遠寄」，也説「此亦《菩薩蠻》之意」；看到應天長「夜夜緑窗風雨，斷腸君信否」，也説「亦『憶君君不知』意」。（《詞則·大雅集》）其實《謁金門》之絶望，難道没有韋莊留蜀不歸的無奈嗎？

以温庭筠和韋莊詞的高度，早應該改變對《花間集》的卑視，這樣的卑視在《四庫全書總目提要》反駁陸游第二篇跋語的説法中尤有代表性：「不知文之體格有高卑，人之學力有强弱。學力不足副其體格，則舉之不足；學力足以副其體格，則舉之有餘。律詩降於古詩，故中、晚唐古詩多不工，而律詩則時有佳作。詞又降於律詩，故五季人詩不及唐，詞乃獨勝。此猶能舉七十斤者舉百斤則蹶，舉五十斤則運掉自如，有何不可理推乎？」但直到「周介存有『從有寄托入，以無寄托出』之論，然後體益尊，學益大」（譚獻《復堂詞話》），纔得以徹底改變，可見認識的進程是何等艱難了。

宋鄂州本花間集

據中國國家圖書館藏宋淳熙間
鄂州刻本影印原書版框高十七
點四厘米寬十二點八厘米

鏤玉雕瓊擬化工而迥巧裁花剪葉奪春艷
以争鮮是以唱雲謡則金母詞清挹霞醴則
穆王心醉名高白雲聲聲而自合鸞歌響遏
行雲字字而偏諧鳳律楊柳大堤之句樂府
相傳芙蓉曲渚之篇豪家自製莫不爭高門
下三千玳瑁之簪競富尊前數十珊瑚之樹
則有綺筵公子繡幌佳人遞葉葉之花牋文
抽麗錦舉纖纖之玉指拍案香檀不無清絕
之辭用助嬌嬈之態自南朝之宮體扇北里
之倡風何止言之不文所謂秀而不實有唐

以降率土之濵家家之香逕春風寧尋越艷處處之紅樓夜月自鎖嫦娥在明皇朝則有李太白之應制清平樂調四首近代温飛卿復有金筌集邇來作者無媿前人今衛尉少卿字弘基以拾翠洲邊自得羽毛之異織綃泉底獨殊機杼之功廣會衆賓時延佳論因集近來詩客曲子詞五百首分為十卷以烱粗知預音辱請命題仍為叙引昔郢人有歌陽春者號為絶唱乃命之為花間集庶使西園英哲用資羽盖之歡南國嬋娟休唱蓮舟

之引

唐廣政三年夏四月大蜀歐陽炯序

花間集卷第一

温助教 庭筠 五十首

菩薩蠻

温庭筠

小山重疊金明滅鬢雲欲度香顋雪懶起畫蛾眉弄粧梳洗遲　照花前後鏡花面交相映新帖繡羅襦雙雙金鷓鴣

水精簾裏頗黎枕暖香惹梦鴛鴦錦江上柳如煙雁飛残月天　藕絲秋色浅人勝参差剪雙鬢隔香紅玉釵頭上風

蘂黄無限當山額宿粧隱笑紗窻隔相見牡丹時暫來還别離　翠釵金作股釵上雙蝶舞心事竟誰知月明花滿枝

翠翹金縷雙鸂鶒水紋細起春池碧池上海棠梨雨晴紅滿枝　繡衫遮笑靨烟草粘飛蝶青瑣對芳菲玉關音信稀

杏花含露團香雪緑楊陌上多離别燈在月

朧明覺來聞曉鶯　玉鈎褰翠幙粧淺舊眉
薄春夢正關情鏡中蟬鬢輕
玉樓明月長相憶柳絲裊娜春無力門外草
萋萋送君聞馬嘶　畫羅金翡翠香燭銷成
淚花落子規啼綠窻殘夢迷
鳳凰相對盤金縷牡丹一夜經微雨明鏡照
新粧鬢輕雙臉長　畫樓相望久欄外垂絲
柳意信不歸來社前雙燕迴
牡丹花謝鶯聲歇綠楊滿院中庭月相憶梦
難成背窻燈半明　翠鈿金壓臉寂寞香閨

掩人遠淚闌干燕飛春又殘
滿宮明月梨花白故人萬里關山隔金雁一
雙飛淚痕沾繡衣　小園芳艸綠家住越溪
曲楊柳色依依燕歸君不歸
寶函鈿雀金鸂鶒沈香閣上吳山碧楊柳又
如絲驛橋春雨時　畫樓音信斷芳草江南
岸鸞鏡與花枝此情誰得知
南園滿地堆輕絮愁聞一霎清明雨雨後卻
斜陽杏華零落香　無言勻睡臉枕上屏山
掩時節欲黃昏無憀獨倚門

夜來皓月纔當午重簾悄悄無人語深處麝
烟長卧時留薄粧　當年還自惜往事那堪
憶花落月明殘錦衾知曉寒

雨晴夜合玲瓏日萬枝香裊紅絲拂閑夢憶
金堂滿庭萱草長　繡簾垂簏簌眉黛遠山
綠春水渡溪橋凭欄魂欲銷

竹風輕動庭除冷珠簾月上玲瓏影山枕隱
穠粧綠檀金鳳凰　兩蛾愁黛淺故國吳宮
遠春恨正關情畫樓殘點聲

更漏子

柳絲長春雨細花外漏聲迢遞驚塞雁起城
烏畫屏金鷓鴣　香霧薄透簾幕惆悵謝家
池閣紅燭背繡簾垂夢長君不知
星斗稀鍾鼓歇簾外曉鶯殘月蘭露重柳風
斜滿庭堆落花　虛閣上倚闌望還似去年
惆悵春欲暮思無窮舊歡如夢中
金雀釵紅粉面花裏暫如相見知我意感君
憐此情須問天　香作穗蠟成淚還似兩人
心意山枕膩錦衾寒覺來更漏殘
相見稀相憶久眉淺淡烟如柳垂翠幕結同

心侍郎燻繡衾　城上月白如雪蟬鬢美人
愁絶宮樹暗鵲橋橫玉籤初報明
背江樓臨海月城上角聲嗚咽堤柳動島烟
昏兩行征雁分　西陵路歸帆渡正是芳菲
欲度銀燭盡玉繩低一聲村落雞
玉鑪香紅蠟淚偏照畫堂秋思眉翠薄鬢雲
殘夜長衾枕寒　梧桐樹三更雨不道離情
正苦一葉葉一聲聲空階滴到明

歸國遥

香玉翠鳳寶釵垂罘罬鈿筐交勝金粟越羅

春水滌画堂照簾殘燭夢餘更漏促謝娘無
限心曲曉屏山斷續
雙臉小鳳戰篦金颭艷舞衣無力風斂藕絲
秋色染　錦帳繡幃斜掩露珠清曉簟粉心
黃蘂花靨黛眉山兩點

酒泉子

花映柳條吹向綠萍池上凭闌干窺細浪雨蕭
蕭　近來音信兩疎索洞房空寂寞掩銀屏
垂翠箔度春宵
日映紗窻金鴨小屏山□故鄉春煙藹隔背

蘭釭 宿粧惆悵倚高閣千里雲影薄草初齊花又落燕雙雙

楚女不歸樓枕小河春水月孤明風又起杏花稀 玉釵斜篸雲鬟髻裙上金縷鳳八行書千里夢鴈南飛

羅帶惹香猶繫別時紅豆淚痕新金縷舊斷離腸 一雙嬌燕語雕梁還是去年時節綠陰濃芳草歇柳花狂

定西番

漢使昔年離別攀弱柳折寒梅上高臺

千里玉關春雪鴈来人不来羌笛一聲愁絶
月徘徊
海鷰欲飛調羽萱草綠杏花紅隔簾櫳
雙鬟翠霞金縷一枝春艷濃樓上月明三五
鏁窻中
細雨曉鶯春晚人似玉柳如眉正相思
羅幕翠簾初捲鏡中花一枝腸斷塞門消息
鴈來稀

楊柳枝

宜春苑外最長條閑裊春風伴舞腰正是玉

鬢墮低梳髻連娟細掃眉終日兩相思為君
憔悴盡百花時
臉上金霞細眉間翠鈿深欹枕覆鴛衾隔簾
鶯百囀感君心
撲蘂添黃子呵花滿翠鬟鴛枕映屏山月明
三五夜對芳顏
轉眄如波眼娉婷似柳腰花裏暗相招憶君
腸欲斷恨春宵
懶拂鴛鴦枕休縫翡翠裙羅帳罷鑪熏近來
心更切為思君

河瀆神

河上望叢祠廟前春雨來時楚山無限鳥飛遲蘭棹空傷別離　何處杜鵑啼不歇豔紅開盡如血蟬鬢美人愁絕百花芳草佳節

孤廟對寒潮西陵風雨蕭蕭謝娘惆悵倚闌橈淚流玉筯千條　暮天愁聽思歸落早梅香滿山郭迴首兩情蕭索離魂何處飄泊

銅鼓賽神來滿庭旙蓋徘徊水村江浦過風雷楚山如畫煙開　離別櫓聲空蕭索玉容惆悵妝薄青麥鷰飛落落捲簾愁對珠閣

女冠子

含嬌含笑宿翠殘紅窈窕鬢如蟬寒玉簪秋水輕紗捲碧煙　雪胸鸞鏡裏琪樹鳳樓前寄語青娥伴早求仙

霞帔雲髮鈿鏡仙容似雪畫愁眉遮語迴輕扇含羞下繡幃　玉樓相望久花洞恨來遲早晚乘鸞去莫相遺

玉胡蝶

秋風淒切傷離行客未歸時塞外草先衰江南鴈到遲　芙蓉凋嫩臉楊柳墮新眉搖落

促人悲斷腸誰得知

花間集卷第一

花間集卷第二　四十九首

清平樂　　温庭筠

上陽春晚宮女愁蛾淺新歲清平思同輦爭那長安路遠　鳳帳鴛被徒燻寂寞花鏁千門竟把黃金買賦為妾將上明君

洛陽愁絶楊柳花飄雪終日行人爭攀折橋下水流嗚咽　上馬爭勸離觴南浦鶯聲斷腸愁殺平原年少迴首揮淚千行

遐方怨

憑繡檻解羅幃未得君書斷腸瀟湘春鴈飛
不知征馬幾時歸海棠花謝也雨霏霏
花半坼雨初晴未捲珠簾夢殘惆悵聞曉鶯
宿粧眉淺粉山横約鬟鸞鏡裏繡羅輕

訴衷情

鶯語花舞春晝午雨霏微金帶枕宫錦鳳
帷柳弱蝶交飛依依遼陽音信稀夢中歸

思帝鄉

花花滿枝紅似霞羅袖畫簾腸斷卓香車
迴面共人閑語戰篦金鳳斜唯有阮郎春盡

不歸家

夢江南

千萬恨恨極在天涯山月不知心裏事水風空落眼前花搖曳碧雲斜

梳洗罷獨倚望江樓過盡千帆皆不是斜暉脉脉水悠悠腸斷白蘋洲

河傳

江畔相喚曉粧仙仙景箇女採蓮請君莫向那岸邊少年好花新滿舡紅袖搖曳逐風暖垂玉腕腸向柳絲斷浦南歸浦北歸莫

晚來人已稀

湖上閑望雨蕭蕭煙浦花橋路遥謝娘翠蛾
愁不銷終朝夢魂迷晚潮　蕩子天涯歸棹
遠春已晚鶯語空腸斷若耶溪溪水西柳堤
不聞郎馬嘶

同伴相喚杏花稀夢裏每愁依違仙客一去
鷰已飛不歸淚痕空滿衣　天際雲鳥引晴
遠春已晚烟靄渡南苑雪梅香柳帶長小娘
轉令人意傷

蕃女怨

萬枝香雪開已遍細雨雙鷰鈿蟬箏金雀扇
畫梁相見鴈門消息不歸來又飛迴
磧南沙上驚鴈起飛雪千里玉連環金鏃箭
年年征戰畫樓離恨錦屏空杏花紅

荷葉盃

一點露珠凝冷波影滿池塘綠莖紅艷兩相
亂腸斷水風涼
鏡水夜來秋月如雪採蓮時小娘紅粉對寒
浪惆悵正思想
楚女欲歸南浦朝雨濕愁紅小舡搖漾入花

裹波起隔西風

天仙子　　　　皇甫先輩松

晴野鷺鷥飛一隻，水葓花發秋江碧。劉郎此日別天仙，登綺席，淚珠滴，十二晚峯高歷歷。

躑躅花開紅照水，鷓鴣飛遶青山觜。行人經歲始歸來，千萬里，錯相倚，懊惱天仙應有以。

浪濤沙

灘頭細草接疎林，浪惡罾船半欲沉。宿鷺眠鷗飛舊浦，去年沙觜是江心。

蠻歌豆蔻北人愁，浦雨杉風野艇秋。浪起鵁

鶄眠不得寒沙細細入江流

楊柳枝

春入行宮映翠微玄宗侍女舞煙絲如今柳
向空城綠玉笛何人更把吹
爛熳春歸水國時吳王宮殿柳絲垂黄鶯長
叫空閨畔西子無因更得知

摘得新

酌一巵須教玉笛吹錦筵紅蠟燭莫來遲繁
紅一夜經風雨長空枝
摘得新枝枝葉葉春管絃兼美酒最關人平

生都得幾十度展香茵

夢江南

蘭燼落，屏上暗紅蕉。閑夢江南梅熟日，夜船吹笛雨蕭蕭，人語驛邊橋。

樓上寢，殘月下簾旌。夢見秣陵惆悵事，桃花柳絮滿江城，雙髻坐吹笙。

採蓮子

菡萏香蓮十頃陂舉棹　小姑貪戲採蓮遲年少

晚來弄水船頭濕舉棹　更脫紅裙裹鴨兒年少

船動湖光灧灧秋舉棹　貪看年少信船流年少

無端隔水拋蓮子舉棹遙被人知半日羞年少

浣溪沙　韋相

清曉粧成寒食天柳毬斜裊間花鈿捲簾直
出畫堂前　指點牡丹初綻朶日高猶自凭
朱欄含嚬不語恨春殘

欲上鞦韆四體慵擬交人送又心忪畫堂簾
幕月明風　此夜有情誰不極隔墻梨雪又
玲瓏玉容憔悴惹微紅

惆悵夢餘山月斜孤燈照壁背紅紗小樓高
閣謝娘家　暗想玉容何所似一枝春雪凍

梅花滿身香霧簇朝霞

綠樹藏鶯鶯正啼柳絲斜拂白銅堤弄珠江上草萋萋　日暮飲歸何處客繡鞍驄馬一聲嘶滿身蘭麝醉如泥

夜夜相思更漏殘傷心明月凭欄干想君思我錦衾寒　咫尺畫堂深似海憶來唯把舊書看幾時携手入長安

菩薩蠻

紅樓別夜堪惆悵香燈半捲流蘇帳殘月出門時美人和淚辭　琵琶金翠羽絃上黃鶯

語勸我早歸家綠窓人似花
人人盡說江南好遊人只合江南老春水碧
於天畫舡聽雨眠　壚邊人似月皓腕凝雙
雪未老莫還鄉還鄉須斷腸
如今却憶江南樂當時年少春衫薄騎馬倚
斜橋滿樓紅袖招　翠屏金屈曲醉入花叢
宿此度見花枝白頭誓不歸
勸君今夜須沉醉罇前莫話明朝事珎重主
人心酒深情亦深　須愁春漏短莫訴金盃
滿遇酒且呵呵人生能幾何

洛陽城裏春光好洛陽才子他鄉老柳暗魏
王堤此時心轉迷　桃花春水淥水上鴛鴦
浴凝恨對殘暉憶君君不知

歸國遥

春欲暮滿地落花紅帶雨惆悵玉籠鸚鵡單
栖無伴侶　南望去程何許問花花不語早
晚得同歸去恨無雙翠羽
金翡翠為我南飛傳我意罨畫橋邊春水幾
年花下醉　别後只知相愧淚珠難遠寄羅
幕繡幃鴛被舊歡如夢裏

春欲晚戲蝶遊蜂花爛熳日落謝家池館柳
絲金縷斷　睡覺綠鬟風亂畫屏雲雨散閑
倚博山長歎淚流沾皓腕

應天長

綠槐陰裏黃鶯語深院無人春晝午畫簾垂
金鳳舞寂寞繡屏香一炷　碧天雲無定處
空有夢魂來去夜夜綠窗風雨斷腸君信否
別來半歲音書絕一寸離腸千萬結難相見
易相別又是玉樓花似雪　暗相思無處說
惆悵夜來煙月想得此時情切淚沾紅袖黦

荷葉盃

絕代佳人難得傾國花下見無期一雙愁黛
遠山眉不忍更思惟　閑掩翠屏金鳳殘夢
羅幕畫堂空碧天無路信難通惆悵舊房櫳

記得那年花下深夜初識謝娘時水堂西面
畫簾垂攜手暗相期　惆悵曉鶯殘月相別
從此隔音塵如今俱是異鄉人相見更無因

清平樂

春愁南陌故國音書隔細雨霏霏梨花白鷰
拂畫簾金額　盡日相望王孫塵滿衣上淚

痕誰忘襪邊次笛駐馬西望銷魂
野花芳草寂寞關山道柳吐金絲鶯語早惆
悵香閨暗老　羅帶悔結同心獨凭朱欄思
深夢覺半床斜月小窗風觸鳴琴
何處遊女蜀國多雲雨雲解有情花解語窣
地繡羅金縷　粧成不整金鈿含羞待月鞦
韆任在綠槐陰裏門臨春水橋邊
鶯啼殘月繡閣香燈滅門外馬嘶郎欲別正
是落花時節　粧成不畫蛾眉含愁獨倚金
扉去路香塵莫掃掃即郎去歸遲

望遠行

欲別無言倚畫屏含恨暗傷情謝家庭樹錦鷄鳴殘月落邊城　人欲別馬頻嘶緑槐千里長堤出門芳草路萋萋雲雨別來易東西不忍別君後却入舊香閨

花間集卷第二

花間集卷第三　五十首

韋相莊 二十五首

薛侍郎昭蘊 十九首

女冠子 二首　謁金門 一首

牛給事 嶠 五首

柳枝 五首

謁金門　韋相 莊

春漏促金燼暗挑殘燭一夜簾前風撼竹夢魂相斷續　有箇嬌嬈如玉夜夜繡屏孤宿閑抱琵琶尋舊曲遶山眉黛綠

空相憶無計得傳消息天上常娥人不識寄書何處覓　新睡覺來無力不忍把君書跡滿院落花春寂寂斷腸芳草碧

江城子

恩重嬌多情易傷漏更長解鴛鴦朱唇未動先
覺口脂香緩揭繡衾抽皓腕移鳳枕枕潘郎
髻鬟狼藉黛眉長出蘭房別檀郎角聲嗚咽星
斗漸微茫露冷月殘人未起留不住淚千行

河傳

何處煙雨隋堤春暮柳色葱蘢畫橈金縷翠
旗高颭香風水光融青娥殿脚春粧媚輕
雲裏綽約司花妓江都宮闕清淮月映迷樓
古今愁

春晚風暖錦城花滿狂殺遊人玉鞭金勒尋
勝馳驟輕塵惜良晨翠娥爭勸臨邛酒纖
纖手拂面垂絲柳歸時烟裏鍾鼓正是黃昏
暗銷魂

錦浦春女繡衣金縷霧薄雲輕花深柳暗時
節正是清明雨初晴　玉鞭魂斷煙霞路鶯
鶯語一望巫山雨香塵隱映遥望翠檻紅樓
黛眉愁

天仙子

悵望前回夢裏期看花不語苦尋思露桃宮

裊小腰肢眉眼細鬢雲垂唯有多情宋玉知
深夜歸來長酩酊扶入流蘇猶未醒醺醺酒
氣麝蘭和驚睡覺笑呵呵長道人生能幾何
蟾彩霜華夜不分天外鴻聲枕上聞繡衾香
冷嬾重薰人寂寂葉紛紛纔睡依前夢見君
夢覺雲屏依舊空杜鵑聲咽隔簾櫳玉郎薄
幸去無蹤一日日恨重重淚界蓮腮兩線紅
金似衣裳玉似身眼如秋水鬢如雲霞裙月帔
一群群來洞口望煙分劉阮不歸春日曛

喜遷鶯

人洶洶鼓鼕鼕襟袖五更風大羅天上月朦
朧騎馬上虛空　香滿衣雲滿路鸞鳳遶身
飛舞霓旌絳節一羣羣引見玉華君
街鼓動禁城開天上探人迴鳳銜金牓出門
來平地一聲雷　鶯已遷龍已化一夜滿城
車馬家家樓上簇神仙爭看鶴冲天

思帝鄉

雲髻墜鳳釵垂髻墜釵垂無力枕函欹翡翠
屏深月落漏依依說盡人間天上兩心知
春日遊杏花吹滿頭陌上誰家年少足風流妾

將身嫁與一生休縱被無情弃不能羞

訴衷情

燭燼香殘簾半捲夢初驚花欲謝深夜月朧明何處按歌聲輕輕舞衣塵暗生負春情

碧沼紅芳煙雨靜倚蘭橈垂玉珮交帶裊纖腰鴛夢隔星橋迢迢越羅香暗銷墜花翹

上行盃

芳草灞陵春岸柳煙深滿樓絃管一曲離腸寸寸斷今日送君千萬紅縷玉盤金鏤盞須勸珍重意莫辭滿

白馬玉鞭金轡少年郎離別容易迢遞去程
千萬里惆悵異鄉雲水滿酌一盃勸和淚
須愧珍重意莫辭醉

女冠子

四月十七正是去年今日別君時忍淚佯低
面含羞半斂眉不知魂已斷空有夢相隨
除却天邊月沒人知
昨夜夜半枕上分明夢見語多時依舊桃花
面頻低柳葉眉半羞還半喜欲去又依依
覺來知是夢不勝悲

更漏子

鍾鼓寒樓閣瞑月照古桐金井深院閉小庭
空落花香露紅　煙柳重春霧薄燈背水窻
高閣閑倚戶暗沾衣待郎郎不歸

酒泉子

月落星沉樓上美人春睡緑雲傾金枕膩畫
屏深　子規啼破相思夢曙色東方纔動柳
煙輕花露重思難任

木蘭花

獨上小樓春欲暮愁望玉關芳草路消息斷

不逢人却斂細眉歸繡戶　坐看落花空歎
息羅袂濕斑紅淚滴千山萬水不曾行魂夢
欲教何處覓

小重山

一閉昭陽春又春夜寒宮漏永夢君恩卧思
陳事暗消魂羅衣濕紅袂有啼痕　歌吹隔
重閽遶庭芳草綠倚長門萬般惆悵向誰論
顒情立宮殿欲黃昏

浣溪沙　　薛侍郎　昭藴

紅蓼渡頭秋正雨印沙鷗跡自成行整鬟飄

袖野風香　不語含嚬深浦裏幾迴愁煞棹
舡郎　鷰歸帆盡水茫茫
鈿匣菱花錦帶垂　靜臨蘭檻卸頭時　約鬟低
珥筭歸期　花茂草青湘渚闊　夢餘空有漏
依依　二年終日損芳菲
粉上依稀有淚痕　郡庭花落欲黃昏　遠情深
恨與誰論　記得去年寒食日　延秋門外卓
金輪　日斜人散暗銷魂
握手河橋柳似金　蜂鬚輕惹百花心　蕙風飄
思寄清琴　意滿便同春水滿　情深還似酒

盃深焚盡月兩沉沉

簾下三間出寺墻，滿街垂柳綠陰長，嫩紅輕翠間濃粧。一瞥地見時猶可可，却來閑處暗思量，如今情事隔仙鄉。

江館清秋纜客船，故人相送夜開筵，麝煙蘭焰簇花鈿。正是斷魂迷楚雨，不堪離恨咽湘絃，月高霜白水連天。

傾國傾城恨有餘，幾多紅淚泣姑蘇，倚風凝睇雪肌膚。吳主山河空落日，越王宫殿半平蕪，藕花菱蔓滿重湖。

越女淘金春水上步搖雲鬟珮鳴璫渚風江
草又清香　不爲遠山凝翠黛只應含恨向
斜陽碧桃花謝憶劉郎

喜遷鶯

殘蟾落曉鍾鳴羽化覺身輕乍無春睡有餘
酲杏苑雪初晴　紫陌長襟袖冷不是人間
風景迴看塵土似前生休羨谷中鶯
金門曉玉京春駿馬驟輕塵樺煙深處白衫
新認得化龍身　九陌喧千戶啓滿袖桂香
風細杏園歡宴曲江濱自此占芳辰

清明節雨晴天得意正當年馬驕泥軟錦連
乾香袖半籠鞭　花色融人競賞盡是繡鞍
朱轂日斜無計更留連歸路草和煙

小重山

春到長門春草青玉堦華露滴月朧明東風
吹斷玉簫聲宮漏促簾外曉啼鶯　愁起夢
難成紅粧流宿淚不勝情手挼裙帶遶宮行
思君切羅幌暗塵生
秋到長門秋草黃畫梁雙鷰去出宮墻玉簫
無復理霓裳金蟬墜鸞鏡掩休粧　憶昔在

昭陽舞衣紅綬帶繡鴛鴦至今猶惹御鑪香
魂夢斷愁聽漏更長

離別難

寶馬曉鞴彫鞍羅幃乍別情難那堪春景媚送君千萬里半粧珠翠落露華寒紅蠟燭青絲曲偏能鉤引淚闌干　良夜促香塵綠魂欲迷檀眉半斂愁低未別心先咽欲語情難說出芳草路東西搖袖立春風急櫻花楊柳雨淒淒

相見歡

羅襦繡袂香紅畫堂中細草平沙番馬小屏
風　卷羅幕凭粧閣思無窮暮雨輕煙魂斷
隔簾櫳

醉公子

慢綰青絲髮光研吳綾襪牀上小燻籠韶州
新退紅　叵耐無端處撚得從頭汚惱得眼
慵閑問人閑事來

女冠子

求仙去也翠鈿金篦盡捨入喦巒霧捲黃羅
帔雲彫白玉冠　野煙溪洞冷林月石橋寒

靜夜松風下禮天壇

雲羅霧縠新授明威法籙降眞函髻綰青絲
髮冠抽碧玉篸　往來雲過五去住島經三
正遇劉郎使啓瑤緘

謁金門

春滿院疊損羅衣金線睡覺水精簾未捲簷
前雙語鷰　斜掩金鋪一扇滿地落花千片
早是相思腸欲斷忍交頻夢見

柳枝　牛給事嶠

解凍風來末上青解垂羅袖拜卿卿無端裊

娜臨官路舞送行人過一生
吳王宮裏色偏深一簇纖條萬縷金不憤錢
塘蘇小小引郎松下結同心
橋北橋南千萬條恨伊張緒不相饒金羈白
馬臨風望認得楊家靜婉腰
狂雪隨風撲馬飛惹煙無力被春欺莫交移
入靈和殿宮女三千又妬伊
裊翠籠煙拂暖波舞裙新染麴塵羅章華臺
畔隋堤上傍得春風爾許多

花間集卷第三

花間集卷第四　五十首

南歌子 三首

女冠子 牛給事 嶠

綠雲高髻點翠勻紅時世月如眉淺笑含雙
靨低聲唱小詞 眼看唯恐化䰟蕩欲相隨
玉趾迴嬌步約佳期

錦江煙水卓女燒春濃美小檀霞繡帶芙蓉
帳金釵芍藥花 額黃侵膩髮臂釧透紅紗
柳暗鶯啼處認郎家

星冠霞帔任在蘂珠宮裏佩丁當明翠搖蟬
翼纖珪理宿粧 醮壇春草綠藥院杏花香

青鳥傳心事寄劉郎

雙飛雙舞春晝後園鶯語卷羅幃錦字書封了銀河鴈過遲　鴛鴦排寶帳荳蔻繡連枝不語勻珠淚落花時

夢江南

啣泥鷰飛到畫堂前占得杏梁安穩處體輕唯有主人憐堪羨好因緣

紅繡被兩兩間鴛鴦不是鳥中偏愛尔爲緣交頸睡南塘全勝薄情郎

感恩多

兩條紅粉淚多少香閨意強攀桃李枝斂愁
眉　陌上鶯啼蝶舞柳花飛柳花飛願得郎
心憶家還早歸
自從南浦別愁見丁香結近來情轉深憶鴛
衾　幾度將書託煙鴈淚盈襟淚盈襟禮月
求天願君知我心
應天長
玉樓春望晴煙滅舞衫斜卷金調脫黃鸝嬌
囀聲初歇杏花飄盡攏山雪　鳳釵低赴節
筵上王孫愁絕鴛鴦對銜羅結兩情深夜月

雙眉澹薄藏心事，清夜背燈嬌又醉。玉釵橫，山枕膩，寶帳鴛鴦春睡美。　别經時，無限意，虛道相思憔悴。莫信綵牋書裏，賺人腸斷字。

更漏子

星漸稀，漏頻轉，何處輪臺聲怨。香閣掩，杏花紅，月明搖輕風。　挑錦字，記情事，唯願兩心相似。收淚語，背燈眠，玉釵橫枕邊。

春夜闌，更漏促，金燼暗挑殘燭。驚夢斷，錦屏深，兩鄉明月心。　閨草碧，望歸客，還是不知消息。辜負我，悔憐君，告天天不聞。

南浦情紅粉淚爭柰兩人深意低翠黛卷征
衣馬嘶霜葉飛　招手別寸腸結還是去年
時節書託鴈夢歸家覺來江月斜

望江怨

東風急惜別花時手頻執羅幃愁獨入馬嘶殘
雨春蕪濕倚門立寄語薄情郎粉香和淚泣

菩薩蠻

舞裙香暖金泥鳳畫梁語鷰驚殘夢門外柳
花飛玉郎猶未歸　愁匀紅粉淚眉剪春山
翠何處是遼陽錦屏春晝長

柳花飛處鶯聲急晴街春色香車立金鳳小
簾開臉波和恨來　今宵求夢想難到青樓
上贏得一場愁鴛衾誰並頭
玉釵風動春幡急交枝紅杏籠煙泣樓上望
卿卿惡寒新雨晴　薰爐蒙翠被繡帳鴛鴦
睡何處有相知羨他初畫眉
畫屏重疊巫陽翠楚神尚有行雲意朝暮幾
般心向他情漫深　風流今古隔虛作瞿塘
客山月照山花夢迴燈影斜
風簾燕舞鶯啼柳粧臺約鬢低纖手釵重髻

盤珊一枝紅牡丹　門前行樂客白馬嘶春色故故墜金鞭迴頭應眼穿

綠雲鬢上飛金雀愁眉斂翠春煙薄香閣掩芙蓉畫屏山幾重　窗寒天欲曙猶結同心苣啼粉污羅衣問郎何日歸

玉樓冰簟鴛鴦錦粉融香汗流山枕簾外轆轤聲斂眉含笑驚　柳陰煙漠漠低鬢蟬釵落須作一生拚盡君今日歡

酒泉子

記得去年煙暖杏園花正發雪飄香江草綠

柳絲長　鈿車纖手卷簾望眉學春山樣鳳釵低裊翠鬟落梅粧

定西番

紫塞月明千里金甲冷戍樓寒夢長安　鄉思望中天闊漏殘星亦殘畫角數聲嗚咽雪漫漫

玉樓春

春入橫塘搖淺浪花落小園空惆悵此情誰信爲狂夫恨翠愁紅流枕上　小玉窗前嗔鷰語紅淚滴穿金線縷鴈歸不見報郎歸織成錦字封過與

西溪子

捍撥雙盤金鳳蟬鬢玉釵搖動畫堂前人不語絃解語彈到昭君怨處翠蛾愁不廻頭

江城子

鵁鶄飛起郡城東碧江空半灘風越王宮殿蘋葉藕花中簾卷水樓漁浪起千片雪雨濛濛

極浦煙消水鳥飛離筵分首時送金巵渡口楊花狂雪任風吹日暮天空波浪急芳草岸雨如絲

浣溪沙　張舍人 泌

鈿轂香車過柳堤樺煙分處馬頻嘶爲他沉

醉不成泥　花滿驛亭香露細杜鵑聲斷玉
蟾低含情無語倚樓西
馬上凝情憶舊遊照花淹竹小溪流鈿箏羅
幕玉搔頭　早是出門長帶月可堪分袂又
經秋晚風斜日不勝愁
獨立寒堦望月華露濃香泛小庭花繡屏愁
背一燈斜　雲雨自從分散後人間無路到
仙家但憑魂夢訪天涯
依約殘眉理舊黃翠鬟拋擲一簪長暖風晴
日罷朝粧　閑折海棠看又撚玉纖無力惹

餘香此情誰會倚斜陽
翡翠屏開繡幄紅謝娘無力曉粧慵錦帷鴛
被宿香濃　微雨小庭春寂寞鷰飛鶯語隔
簾櫳杏花凝恨倚東風
枕障燻鑪隔繡幃二年終日兩相思杏花明
月始應知　天上人間何處去舊歡新夢覺
來時黃昏微雨畫簾垂
花月香寒悄夜塵綺筵幽會暗傷神嬋娟依
約畫屏人　人不見時還暫語令纔拋後愛
微嚬越羅巴錦不勝春

偏戴花冠白玉簪睡容新起意沉吟翠鈿金
縷鎮眉心　小檻日斜風悄悄隔簾零落杏
花陰斷香輕碧鏁愁深

晚逐香車入鳳城東風斜揭繡簾輕慢迴嬌
眼笑盈盈　消息未通何計是便須佯醉且
隨行依稀聞道太狂生

小市東門欲雪天衆中依約見神仙蘂黃香
畫貼金蟬飲散黃昏人草草醉容無語立
門前馬嘶塵烘一街煙

臨江仙

煙收湘渚秋江靜蕉花露泣愁紅五雲雙鶴
去無蹤幾回魂斷凝望向長空　翠竹暗留
珠淚怨閑調寶瑟波中花鬟月鬢綠雲重古
祠深殿香冷雨和風

女冠子

露花煙草寂寞五雲三島正春深貌減潛銷
玉香殘尚惹襟　竹疎虛檻靜松密醮壇陰
何事劉郎去信沉沉

河傳

渺莽雲水惆悵暮帆去程迢遞夕陽芳草千

里萬里鴈聲無限起　夢魂悄斷煙波裏心如醉相
見何處是錦屏香冷無睡被頭多少淚
紅杏交枝相映密密濛濛一庭濃艷倚東
風香融透簾櫳　斜陽似共春光語蝶爭舞
更引流鶯妬魂銷千片玉罇前神仙瑤池醉暮天

酒泉子

春雨打窗驚夢覺來天氣曉畫堂深紅焰小
背蘭釭　酒香噴鼻懶開缸惆悵更無人共
醉舊巢中新燕子語雙雙
紫陌青門三十六宮春色御溝輦路暗相通

杏園風　咸陽沽酒寶釵空　笑指未央歸去
插花走馬落殘紅　月明中

生查子

相見稀　喜相見　相見還相遠　檀畫荔枝紅　金
蔓蜻蜓軟　魚鴈疏　芳信斷　花落庭陰晚　可
惜玉肌膚　消瘦成慵懶

思越人

鶯雙飛　鷰百囀　越波堤下長橋　鬬鈿花筐金
匣恰　舞衣羅薄纖腰　東風澹蕩慵無力　黛眉
愁聚春碧　滿地落花無消息　月明腸斷空憶

滿宮花

花正芳樓似綺寂寞上陽宮裏鈿籠金鏁睡
鴛鴦簾冷露華珠翠　嬌艷輕盈香雪膩細雨
黄鶯雙起東風惆悵欲清明公子橋邊沉醉

柳枝

膩粉瓊粧透碧紗雪休誇金鳳搔頭墮鬢斜
髮交加　倚著雲屏新睡覺思夢笑紅腮隱
出枕函花有些些

南歌子

柳色遮樓暗桐花落砌香畫堂開處遠風涼

高卷水精簾額襯斜陽
岸柳拖煙綠庭花照日紅數聲蜀魄入簾櫳
驚斷碧窗殘夢畫屏空
錦薦紅鸂鶒羅衣繡鳳皇綺疏飄雪北風狂
簾幕盡垂無事鬱金香

花間集卷第四

花間集卷第五　五十首

花間集卷五

江城子　張舍人泌

碧欄干外小中庭雨初晴曉鶯聲飛絮落花
時節近清明睡起卷簾無一事勻面了沒心情

浣花溪上見卿卿臉波秋水明黛眉輕綠雲高
綰金簇小蜻蜓好是問他來得麼和笑道莫多情

河瀆神

古樹噪寒鴉滿庭楓葉蘆花晝燈當午隔輕
紗畫閣珠簾影斜　門外往來祈賽客翩翩
帆落天涯迴首隔江煙火渡頭三兩人家

胡蝶兒

胡蝶兒晚春時阿嬌初着淡黃衣倚窗學畫
伊還似花間見雙雙對對飛無端和淚拭
燕脂惹教雙翅垂

虞美人　　毛司徒

鴛鴦對浴銀塘暖水面蒲梢短垂楊低拂麴
塵波蛟絲結網露珠多滴圓荷遙思桃葉
吳江碧便是天河隔錦鱗紅鬣影沉沉相思
空有夢相尋意難任
寶檀金縷鴛鴦枕綬帶盤宮錦夕陽低映小
窗明南園緑樹語鶯鶯夢難成　玉爐香暖
頻添炷滿地飄輕絮珠簾不卷度沉煙庭前
閑立畫鞦韆艷陽天

酒泉子

緑樹春深鶯語鶯啼聲斷續蕙風飄蕩入芳叢惹殘紅　柳絲無力裊煙空金盞不辭須滿酌海棠花下思朦朧醉香風

喜遷鶯

芳春景曖晴煙喬木見鶯遷傳枝偎葉語關關飛過綺叢間　錦翼鮮金毳軟百囀千嬌相喚碧紗窻曉怕聞聲驚破鴛鴦暖

贊成功

海棠未坼萬點深紅香包緘結一重重似含羞態邀勒春風蜂來蝶去任遶芳叢　昨夜微

雨飄灑庭中忽聞聲滴井邊桐美人驚起坐
聽晨鐘快教折取戴玉瓏璁

西溪子

昨日西溪遊賞芳樹奇花千樣鏁春光金罇
滿聽絃管嬌妓舞衫香暖不覺到斜暉馬馱歸

中興樂

荳蔲花繁煙豔深丁香軟結同心翠鬟女相
與共淘金　紅蕉葉裏猩猩語鴛鴦浦鏡中
鸞舞絲雨隔荔枝陰

更漏子

春夜闌春恨切花外子規啼月人不見夢難
憑紅紗一點燈　偏怨別是芳節庭下丁香
千結宵霧散曉霞輝梁間雙鷰飛

接賢賓

香韉鏤襜五花驄值春景初融流珠噴沫躞
蹀汗血流紅　少年公子能乘馭金鑣玉轡瓏
璁爲惜珊瑚鞭不下驕生百步千蹤信穿花
從拂柳向九陌追風

贊浦子

錦帳添香睡金爐換夕薰懶結芙蓉帶慵拖

翡翠裙　正是桃夭柳媚那堪暮雨朝雲宋
玉高唐意裁瓊欲贈君

甘州遍

春光好公子愛閑遊足風流金鞍白馬雕弓
寶劍紅纓錦襜出長鞦　花蔽膝玉銜頭尋
芳逐勝歡宴絲竹不曽休美人唱揭調是甘
州醉紅樓堯年舜日樂聖永無憂
秋風緊平磧鴈行低陣雲齊蕭蕭颯颯邊聲
四起愁聞戍角與征鼙　青塚北黑山西沙
飛聚散無定往往路人迷鐵衣冷戰馬血沾

蹄破蕃溪鳳皇詔下步步躡丹梯

紗窗恨

新春鷰子還來至一雙飛壘巢泥濕時時墜涴人衣　後園裏看百花發香風拂繡戶金扉月照紗窗恨依依

雙雙蝶翅塗鉛粉咂花心綺窗繡戶飛來穩畫堂陰　二三月愛隨飄絮伴落花來拂衣襟更剪輕羅片傳黃金

柳含煙

隋堤柳汴河春夾岸綠陰千里龍舟鳳舸木

蘭香錦帆張　因夢江南春景好一路流蘇
羽葆笙歌未盡起橫流鏁春愁
河橋柳占芳春映水含煙拂路幾迴攀折贈
行人暗傷神　樂府吹爲橫笛曲能使離腸
斷續不如移植在金門近天恩
章臺柳近垂旒低拂往來冠蓋朧朧春色滿
皇州瑞煙浮　直與路邊江畔別免被離人
攀折最憐京兆畫蛾眉葉纖時
御溝柳占春多半出宮墻婀娜有時倒影蘸
輕羅麴塵波　昨日金鑾巡上苑風亞舞腰

纖軟栽培得地近皇宮瑞煙濃

醉花間

休相問怕相問相問還添恨春水滿塘生鸂鶒還相趂　昨夜雨霏霏臨明寒一陣偏憶戍樓人久絶邊庭信

深相憶莫相憶相憶情難極銀漢是紅墻一帶遥相隔　金盤珠露滴兩岸榆花白風揺玉珮清今夕爲何夕

浣沙溪

春水輕波浸緑苔枇杷洲上紫檀開晴日眠

沙鸂鶒穩暖相偎　羅襪生塵游女過有人逢着弄珠迴蘭麝飄香初解珮忘歸來

浣溪沙

七夕年年信不違銀河清淺白雲微蟾光鵲影伯勞飛　每恨蟪蛄憐婺女幾迴嬌妬下鴛機今宵嘉會兩依依

月宮春

水精宮裏桂花開神仙探幾迴紅芳金蘂繡重臺低傾馬腦盃　玉兔銀蟾爭守護姮娥姹女戲相偎遙聽鈞天九奏玉皇親看來

戀情深

滴滴銅壺寒漏咽醉紅樓月宴餘香殿會鴛衾蕩春心　眞珠簾下曉光侵鶯語隔瓊林寶帳欲開慵起戀情深

玉殿春濃花爛熳簇神仙伴羅裙窣地縷黃金奏清音　酒闌歌罷兩沉沉一笑動君心永願作鴛鴦伴戀情深

訴衷情

桃花流水漾縱橫春晝彩霞明劉郎去阮郎行惆悵恨難平　愁坐對雲屏筭歸程何時

攜手洞邊迎訴衷情
鴛鴦交頸繡衣輕碧沼藕花馨隈藻荇映蘭
汀和雨浴浮萍　思婦對心驚想邊庭何時
解珮掩雲屏訴衷情

應天長

平江波暖鴛鴦語兩兩釣舡歸極浦蘆洲一
夜風和雨飛起淺沙翹雪鷺　漁燈明遠渚
蘭棹今宵何處羅袂從風輕舉愁殺採蓮女

河滿子

紅粉樓前月照碧紗窻外鶯啼夢斷遼陽

寄信那堪獨守空閨恨對百花時節王孫綠
草萋萋

巫山一段雲

雨霽巫山上雲輕映碧天遠風吹散又相連
十二晚峯前　暗濕啼猿樹高籠過客舡朝
朝暮暮楚江邊幾度降神仙

臨江仙

暮蟬聲盡落斜陽銀蟾影挂瀟湘黃陵廟側
水茫茫楚山紅樹煙雨隔高唐　岸泊漁燈
風颭碎白蘋遠散濃香靈娥皷瑟韻清商朱

絃凄切雲散碧天長

臨江仙　牛學士　希濟

峭碧參差十二峯冷煙寒樹重重瑶姬宮殿是仙蹤金鑪珠帳香靄晝偏濃　一自楚王驚夢斷人間無路相逢至今雲雨帶愁容月斜江上征棹動晨鍾

謝家仙觀寄雲岑巖蘿拂地成陰洞房不閉白雲深當時丹竈一粒化黃金　石壁霞衣猶半挂松風長似鳴琴時聞唳鶴起前林十洲高會何處許相尋

渭闕宮城秦樹凋玉樓獨上無憀含情不語
自吹簫調清和恨天路逐風飄　何事乘龍
人忽降似知深意相招三清攜手路非遥世
間屏障彩筆畫嬌饒

江繞黃陵春廟閑嬌鶯獨語關關滿庭重疊
綠苔斑陰雲無事四散自歸山　簫鼓聲稀
香爐冷月娥斂盡彎環風流皆道勝人間須
知狂客判死爲紅顏

素洛春光瀲灔平千重媚臉初生凌波羅襪
勢輕輕煙籠日照珠翠半分明　風引寶衣

疑欲舞鸞迴鳳翥堪驚也知心許恐無成陳
王辭賦千載有聲名

柳帶搖風漢水濱平蕪兩岸爭匀鴛鴦對浴
浪痕新弄珠游女微笑自含春　輕步暗移
蟬鬢動羅裙風惹輕塵水精宮殿豈無因空
勞纖手解珮贈情人

洞庭波浪颭晴天君山一點凝煙此中真境
屬神仙玉樓珠殿相映月輪邊　萬里平湖
秋色冷星辰垂影參然橘林霜重更紅鮮羅
浮山下有路暗相連

酒泉子

枕轉簟涼清曉遠鍾殘夢月光斜簾影動舊鑪香　夢中說盡相思事纖手勻雙淚去年書今日意斷離腸

生查子

春山煙欲收天澹稀星小殘月臉邊明別淚臨清曉　語已多情未了迴首猶重道記得綠羅裙處處憐芳草

中興樂

池塘暖碧浸晴暉濛濛柳絮輕飛紅蕊凋來

醉夢還稀　春雲空有鴈歸　珠簾垂東風寂
寞恨郎抛擲　淚濕羅衣

謁金門

秋已暮重疊關山歧路嘶馬搖鞭何處去曉禽
霜滿樹　夢斷禁城鐘鼓　淚滴枕檀無數一點
凝紅和薄霧　翠蛾愁不語

浣溪沙　　歐陽舍人　烱

落絮殘鶯半日天玉柔花醉只思眠惹窻映
竹滿爐煙　獨掩畫屏愁不語斜欹瑤枕髻
鬟偏此時心在阿誰邊

天碧羅衣拂地垂美人初着更相宜宛風如
舞透香肌　獨坐含顰吹鳳竹園中緩步折
花枝有情無力泥人時

相見休言有淚珠酒闌重得敘歡娛鳳屏鴛
枕宿金鋪　蘭麝細香聞喘息綺羅纖縷見
肌膚此時還恨薄情無

三字令

春欲盡日遲遲牡丹時羅幌卷翠簾垂彩牋
書紅粉淚兩心知　人不在燕空歸負佳期
香燼落枕函欹月分明花淡薄惹相思

花間集卷第五

光緒乙酉十月重加手裝

鳳阿記

花間集卷第六　五十一首

歐陽舍人炯 十三首

南鄉子 八首　獻衷心 一首　賀明朝 二首

江城子 一首　鳳樓春 一首

和學士凝 二十首

小重山 二首　臨江仙 二首　菩薩蠻 一首

山花子 二首　河滿子 二首　薄命女 一首

望梅花 一首　天仙子 二首　春光好 二首

採桑子 一首　柳枝 三首　漁父 一首

顧太尉敻 十八首

虞美人 六首　河傳 三首　甘州子 五首

玉樓春 四首

南鄉子　歐陽舍人炯

嫩草如煙石榴花發海南天日暮江亭春影淥

鴛鴦浴水遠山長看不足

畫舸停橈槿花籬外竹横橋水上遊人沙上

女廻顧笑指芭蕉林裏住

岸遠沙平日斜歸路晚霞明孔雀自憐金翠

尾臨水認得行人驚不起

洞口誰家木蘭舡繫木蘭花紅袖女郎相引

去遊南浦笑倚春風[illegible][illegible]語
二八花鈿胷前如雪臉如蓮耳墜金鐶穿瑟
瑟霞衣窄笑倚江頭招遠客
路入南中桄榔葉暗蓼花紅兩岸人家微雨
後收紅豆樹底纖纖擡素手
袖斂鮫綃採香深洞笑相邀藤杖枝頭蘆酒
滴鋪葵蓆豆蔻花間趖晚日
翡翠鵁鶄白蘋香裏小沙汀島上陰陰秋雨
色蘆花撲數隻魚舡何處宿

獻衷心

見好花顏色爭笑東風雙臉上晚粧同閉小
樓深閣春景重重三五夜偏有恨月明中
情未已信曾通滿衣猶自染檀紅恨不如雙
鷰飛舞簾櫳春欲暮殘絮盡柳條空

賀明朝

憶昔花間初識面紅袖半遮粧臉輕轉石榴裙
帶故將纖纖玉指偷撚雙鳳金線　碧梧桐
鏁深深院誰料得兩情何日教繾綣羨春來
雙鷰飛到玉樓朝暮相見
憶昔花間相見後只憑纖手暗拋紅豆人前

不解巧傳心事別來依舊辜負春晝　碧羅衣
上蹙金繡覩對對鴛鴦空裛淚痕透想韶顏
非久終是爲伊只恁偷瘦

江城子

晚日金陵岸草平落霞明水無情六代繁華
暗逐逝波聲空有姑蘇臺上月如西子鏡照
江城

鳳樓春

鳳髻綠雲叢深掩房櫳錦書通夢中相見覺
來慵勻面淚臉珠融因想玉郎何處去對淑

景誰同　小樓中春思無窮倚欄顒望闇牽愁緒柳花飛起東風斜日照簾羅幌香冷粉屏空海棠零落鶯語殘紅

小重山　　和學士凝

春入神京萬木芳禁林鶯語滑蝶飛狂曉花擎露妬啼粧紅日永風和百花香　煙鏁柳絲長御溝澄碧水轉池塘時時微雨洗風光天衢遠到處引笙簧

正是神京爛熳時群仙初折得郄詵枝烏犀白紵最相宜精神出御陌袖鞭垂　柳色展

愁眉管絃分響亮探花期光陰占斷曲江池
新牓上名姓徹丹墀

臨江仙

海棠香老春江晚小樓霧縠空濛翠鬟初出
繡簾中麝煙鸞珮惹蘋風　碾玉釵搖鸂鶒
戰雪肌雲鬢將融含情遙指碧波東越王臺
殿蓼花紅

披袍窣地紅宮錦鶯語時囀輕音碧羅冠子
穩犀簪鳳皇雙颭步搖金　肌骨細勻紅玉
軟臉波微送春心嬌羞不肯入鴛衾蘭膏光

裏兩情深

菩薩蠻

越梅半拆輕寒裏冰清澹薄籠藍水暖覺杏
梢紅遊絲狂惹風 閑堦莎徑碧遠夢猶堪
惜離恨又迎春相思難重陳

山花子

鶯錦蟬縠馥麝臍輕裾花早曉烟迷鸂鶒戰
金紅掌墜翠雲低 星靨笑隈霞臉畔蹙金
開襜襯銀泥春思半和芳草嫩碧萋萋

銀字笙寒調正長水紋簟冷畫屏凉玉腕重金

扼臂澹梳粧　幾度試香纖手暖一迴嘗酒
絳唇光佯弄紅絲蠅拂子打檀郎

河滿子

正是破瓜年幾含情慣得人饒桃李精神鸚
鵡舌可堪虛度良宵却愛藍羅裙子羨他長
束纖腰
寫得魚牋無限其如花鎖春暉目斷巫山雲
雨空教殘夢依依却愛熏香小鴨羨他長在
屏幃

薄命女

天欲曉宮漏穿花聲繚繞窗裏星光少冷霞
寒侵帳額殘月光沉樹杪夢斷錦幃空悄悄
強起愁眉小

望梅花

春草全無消息臘雪猶餘蹤跡越嶺寒枝香
自拆冷艷奇芳堪惜何事壽陽無處覓吹入
誰家橫笛

天仙子

柳色披衫金縷鳳纖手輕捻紅豆弄翠蛾雙
斂正含情桃花洞瑤臺夢一片春愁誰與共

洞口春紅飛蔌蔌仙子含愁眉黛綠阮郎何
事不歸來懶燒金慵篆玉流水桃花空斷續

春光好

紗窻暖畫屏閑嚲雲鬟睡起四肢無力半春
間玉指剪裁羅勝金盤點綴蘇山窺宋深
心無限事小眉彎
蘋葉軟杏花明畫船輕雙浴鴛鴦出綠汀棹歌
聲春水無風無浪春天半雨半晴紅粉相隨
南浦晚幾含情

採桑子

蝤蠐領上訶梨子繡帶雙垂椒戶閑時競學樗蒱賭荔枝　叢頭鞋子紅編細裙窣金絲無事嚬眉春思飜教阿母疑

柳枝

軟碧搖煙似送人映花時把翠蛾嚬青青自是風流主慢颭金絲待洛神

瑟瑟羅裙金縷腰黛眉偎破未重描醉來咬損新花子拽住仙郎盡放嬌

鵲橋初就咽銀河今夜仙郎自姓和不是昔年攀桂樹豈能月裏索姮娥

漁父

白芷汀寒立鷺鷥蘋風輕剪浪花時烟冪冪
日遲遲香引芙蓉惹釣絲

虞美人　顧太尉敻

曉鶯啼破相思夢簾卷金泥鳳宿粧猶在酒
初醒翠翹慵整倚雲屏轉娉婷　香檀細畫
侵桃臉羅袂輕輕斂佳期堪恨再難尋綠蕪
滿院柳成陰負春心
觸簾風送景陽鍾鴛被繡花重曉幃初卷冷
煙濃翠勻粉黛好儀容思嬌慵　起來無語

理朝粧寶匣鏡凝光綠荷相倚滿池塘露清
枕簟藕花香恨悠揚
翠屏閑掩垂珠箔絲雨籠池閣露粘紅藕咽
清香謝娘嬌極不成狂罷朝粧　小金鸂鶒
沉煙細膩枕堆雲髻淺眉微斂炷檀香舊懽
時有夢魂驚悔多情
碧梧桐映紗窗晚花謝鶯聲懶小屏屈曲掩
青山翠幃香粉玉爐寒兩蛾攢　顛狂年少
輕離別辜負春時節畫羅紅袂有啼痕魂銷
無語倚閨門欲黃昏

深閨春色勞思想恨共春蕪長黃鸝嬌囀詎

芳妍杏枝如畫倚輕煙鎖窻前　凭欄愁立

雙蛾細柳影斜搖砌玉郎還是不還家教人

魂夢逐楊花繞天涯

少年艷質勝瓊英早晚別三清蓮冠穩篸鈿

篦橫飄飄羅袖碧雲輕畫難成　遲遲少轉

腰身裊翠靨眉心小醮壇風急杏枝香此時恨

不駕鸞皇訪劉郎

河傳

鷰颺晴景小窻屏暖鴛鴦交頸菱花掩却翠

鬟欹慵整海棠簾外影　繡幃香斷金鸂鶒
無消息心事空相憶倚東風春正濃愁紅淚
痕衣上重
曲檻春晚碧流紋細綠楊絲軟露花鮮杏枝
繁鶯囀野蕪平似剪　直是人間到天上
堪遊賞醉眼疑屏障對池塘惜韶光斷腸爲
花須盡狂
棹舉舟去波光渺渺不知何處岸花汀草共
依依雨微鷓鴣相逐飛　天涯離恨江聲咽啼
猿切此意向誰說倚蘭橈獨無憀魂銷小鑪

香欲魚

甘州子

一爐龍麝錦帷傍　屏掩映　燭熒煌　禁樓刁斗喜初長　羅薦繡鴛鴦　山枕上　私語口脂香

每逢清夜與良宵　多悵望　足傷神　雲迷水隔意中人　寂寞繡羅茵　山枕上　幾點淚痕新

曾如劉阮訪仙蹤　深洞客　此時逢　綺筵散後繡衾同　款曲見韶容　山枕上　長是怯晨鐘

露桃花裏小樓深　持玉盞　聽瑤琴　醉歸青瑣入鴛衾　月色照衣襟　山枕上　翠鈿鎮眉心

紅鐘深夜醉調笙敲拍處玉纖輕小屛古畫
岸低平煙月滿閑庭山枕上燈背臉波橫

玉樓春

月照玉樓春漏促颯颯風搖庭砌竹夢驚鴛
被覺來時何處管絃聲斷續惆悵少年遊
冶去枕上兩蛾攢細綠曉鶯簾外語花枝背
帳猶殘紅蠟燭
柳映玉樓春日晚雨細風輕煙草軟畫堂鸚
鵡語雕籠金粉小屛猶[illegible]掩　香滅繡幃人
寂寂倚檻無言愁思遠恨郎何處縱疎狂長

使含嗁眉不展
月皎露華窻影細風送菊香粘繡袂博山鑪
冷水沉微惆悵金閨終日閉　慵展羅衾垂
玉淚羞對菱花簪寶髻良宵好事枉教休無
計那他狂耍壻
拂水雙飛來去鷰曲檻小屏山六扇春愁凝
思結眉心綠綺嬾調紅錦薦　話別情多聲
欲戰玉筯痕留紅粉面鎮長獨立到黃昏却
怕良宵頻夢見

花間集卷第六

花間集卷第六　五十首

顧太尉敻　三十七首

孫少監光憲　十三首

浣溪沙

顧太尉敻

春色迷人恨正賒可堪蕩子不還家細風輕

露著梨花　簾外有情雙鷰颺檻前無力緑
楊斜小屏狂夢極天涯
紅藕香寒翠渚平月籠虛閣夜蛩清塞鴻
夢兩牽情　寶帳玉爐殘麝冷羅衣金縷暗
塵生小窻孤燭淚縱橫
荷芰風輕簾幕香繡衣鸂鶒泳迴塘小屏閑
掩舊瀟湘　恨入空幃鸞影獨淚凝雙臉渚
蓮光薄情年少悔思量
惆悵經年別謝娘月窻花院好風光此時相
望最情傷　青鳥不來傳錦字瑤姬何處鎖

蘭房忍教魂夢兩茫茫

庭菊飄黃玉露濃冷莎隈砌隱鳴蛩何期良夜得相逢　背帳風搖紅蠟滴惹香暖夢繡衾重覺來枕上怯晨鐘

雲澹風高葉亂飛小庭寒雨綠苔微深閨人靜掩屏幃　粉黛暗愁金帶枕鴛鴦空繞畫羅衣那堪辜負不思歸

鴈響遥天玉漏清小紗窻外月朧明翠幃金鴨炷香平　何處不歸音信斷良宵空使夢魂驚簟凉枕冷不勝情

露白蟾明又到秋佳期幽會兩悠悠夢牽情
役幾時休　記得謝人微斂黛無言斜倚小
書樓暗思前事不勝愁

酒泉子

楊柳舞風輕惹春煙殘雨杏花愁鶯正語畫
樓東　錦屏寂寞思無窮還是不知消息鏡
塵生珠淚滴損儀容
羅帶縷金蘭麝煙凝魂斷畫屏欹雲鬢亂恨
難任　幾迴垂淚滴鴛衾薄情何處去登臨
窻花滿樹信沉沉

小檻日斜風度綠窻人悄悄翠幃閑掩舞雙
鸞舊香寒　別來情緒轉難判韶顏看却老
依稀粉上有啼痕暗銷魂
黛薄紅深約掠綠鬟雲膩小鴛鴦金翡翠稱
人心　錦鱗無處傳幽意海鷰蘭堂春又去
隔年書千點淚恨難任
掩却菱花收拾翠鈿休上面金虫玉鷰鏁香
奩恨猒猒　雲鬟半墜懶重簪淚侵山枕濕
銀燈背帳夢方酣鴈飛南
水碧風清入檻細香紅藕膩謝娘斂翠恨無

涯小舟斜　畢禮蕃子不還家謾留羅帶結

帳深枕膩炷沉煙負當年

黛怨紅羞掩映畫堂春欲暮殘花微雨隔青樓思悠悠　芳菲時節看將度寂寞無人還獨語畫羅襦香粉污不勝愁

楊柳枝

秋夜香閨思寂寥漏迢迢鴛幃羅幌麝煙銷燭光搖　正憶玉郎遊蕩去無尋處更聞簾外雨蕭蕭滴芭蕉

遐方怨

藥影細簟　紋平象紗籠玉指縷金羅扇輕
紅雙臉似花明兩條眉黛遠山橫　鳳簫歌
鏡塵生遼塞音書絕夢魂長暗驚玉郎經歲
負娉婷教人爭不恨無情

　　獻衷心

繡鴛鴦帳暖畫孔雀屏欹人悄悄月明時想
昔年懽笑恨今日分離銀釭背銅漏永阻佳
期　小爐煙細虛閣簾垂幾多心事暗地思惟
被嬌娥牽役魂夢如癡金閨裏小枕上始應
知

應天長

瑟瑟羅裙金線縷輕透鵝黃香畫袴垂交帶盤鸚鵡裊裊翠翹移玉步背人勻檀炷慢轉橫波偷覷斂黛春情暗許倚屏慵不語

訴衷情

香滅簾垂春漏永整鴛衾羅帶重雙鳳縷黃金窗外月光臨沉沉斷腸無處尋負春心永夜拋人何處去絕來音香閣掩眉斂月將沉爭忍不相尋怨孤衾換我心為你心始知相憶深

荷葉盃

春盡小庭花落寂寞憑檻斂雙眉、忍教成病憶佳期知摩知知摩知、

歌發誰家筵上寥亮別恨正悠悠蘭釭背帳月當樓愁麼愁愁摩愁、

弱柳好花盡拆晴陌陌上少年郎滿身蘭麝撲人香狂摩狂、狂摩狂、

記得那時相見膽戰鬢亂四肢柔泥人無語不擡頭羞麼羞羞麼羞

夜久歌聲怨咽殘月菊冷露微微看看濕透

縷金衣歸麼、歸、歸摩、歸

我憶君詩最苦知否字字盡關心紅牋寫寄

表情深吟麼、吟、吟摩、吟

金鴨香濃鴛被枕膩小髻簇花鈿腰如細柳

臉如蓮、儕摩、儕、儕摩、儕

曲砌蝶飛煙暖春半、花發柳、垂條花如雙臉

柳如腰嬌摩、嬌、嬌摩、嬌

一去又乖期信春盡滿院長莓苔手挼裙帶

獨徘徊來摩、來、來摩、來

漁歌子

曉風清幽沼綠倚欄凝望珎禽浴畫簾垂翠
屏曲滿袖荷香馥郁　好攄懷堪寓目身閑
心靜平生足酒盃深光影促名利無心較逐

臨江仙

碧染長空池似鏡倚樓閑望凝情滿衣紅藕
細香清象床珎簟山障掩玉琴横　暗想昔
時歡笑事如今贏得愁生博山鑪暖澹煙輕
蟬吟人靜殘日傍小窻明
幽閨小檻春光晚柳濃花澹鶯稀舊歡思想
尚依依翠嚬紅斂終日損芳菲　何事狂夫

音信斷不如梁鷰猶歸畫堂深處麝煙微屏
虛枕冷風細雨霏霏
月色穿簾風入竹倚屏雙黛愁時砌花含露
兩三枝如啼恨臉魂斷損容儀　香燼暗銷
金鴨冷可堪辜負前期繡襦不整鬢鬟欹幾
多惆悵情緒在天涯

醉公子

漠漠秋雲澹紅藕香侵檻枕倚小山屏金鋪向
晚扃　睡起橫波慢獨望情何限衰柳數聲
蟬魂銷似去年

岸柳垂金線雨晴鶯百囀家住綠楊邊往來
多少年　馬嘶芳草遠高樓簾半捲斂袖翠
蛾攢相逢尔許難

更漏子

舊歡娛新悵望擁鼻含嚬樓上濃柳翠晚霞
微江鷗接翼飛　簾半捲屏斜掩遠岫參差
迷眼歌滿耳酒盈鐏前非不要論

浣溪沙　孫少監光憲

蓼岸風多橘柚香江邊一望楚天長片帆煙
際閃孤光　目送征鴻飛杳杳思隨流水去

茫茫蘭紅波碧憶瀟湘

桃杏風香簾幕閑謝家門戶約花關畫梁幽
語鷰初還　繡閣數行題了壁曉屏一枕酒
醒山卻疑身是夢魂間

花漸凋疎不耐風畫簾垂地晚堂空墮堦縈
蘚舞愁紅　膩粉半粘金靨子殘香猶暖繡
薰籠蕙心無處與人同

攬鏡無言淚欲流凝情半日懶梳頭一庭踈
雨濕春愁　楊柳秖知傷怨别杏花應信損
嬌羞淚沾魂斷軫離憂

半踏長裾宛約行晚簾疎處見分明此時堪
恨昧平生　早是銷魂殘燭影更愁聞着品
絃聲杳無消息若爲情
蘭沐初休曲檻前暖風遲日洗頭天濕雲新
斂未梳蟬　翠袂半將遮粉臆寶釵長欲墜
香肩此時模樣不禁憐
風遞殘香出繡簾團窠金鳳舞襜襜落花微
雨恨相兼　何處去來狂太甚空推宿酒睡
無猒爭教人不別猜嫌
輕打銀箏墜燕泥斷絲高罥畫樓西花冠閑

上午壚啼 粉籜半開新竹逕紅苞盡落舊
桃蹊不堪終日閉深閨
烏帽斜欹倒佩魚靜街偷步訪仙居牆頭應
認得門初 將見客時微掩斂得人憐處且
生疎低頭羞問壁邊書

河傳

太平天子等閑遊戲疏河千里柳如絲隈倚
淥波春水長淮風不起 如花殿脚三千女
爭雲雨何處留人住錦帆風煙際紅燒空䰟
迷大業中

柳拖金縷着煙籠霧濛濛落絮鳳皇舟上楚
女妙舞雷喧波上鼓　龍爭虎戰分中土人
無主挑葉江南渡襞花牋艷思牽成篇宮娥
相與傳

花落煙薄謝家池閣寂寞春深翠蛾輕斂意沉
吟沾襟無人知此心　玉鑪香斷霜灰冷簾鋪
影梁鷰歸紅杏晚來天空悄然孤眠枕檀雲
髻偏

風颭波斂團荷閃閃珠傾露點木蘭舟上何
處吳娃越艷藕花紅照臉　大堤狂殺襄陽

客煙波隔渺渺湖光白身已歸心不歸斜䨓
遠汀鸂鶒飛

花間集卷第七

花間集卷第八　四十九首

孫少監　光憲　四十七首

魏太尉承班 二首

菩薩蠻 二首

菩薩蠻　　孫少監光憲

月華如水籠香砌金鐶碎撼門初閉寒影墮

高簷鈎垂一面簾　碧煙輕裊裊紅戰燈花

笑即此是高唐掩屏秋夢長

花冠頻皷墻頭翼東方澹白連窻色門外早

鶯聲背樓殘月明　薄寒籠醉態依舊鉛華

在握手送人歸半拖金縷衣

小庭花落無人掃疎香滿地東風老春晚信

沉沉天涯何處尋　曉堂屏六扇眉共湘山
遠爭那別離心近來尤不禁
青巖碧洞經朝雨隔花相喚南溪去一隻木
蘭船波平遠浸天　扣舡驚翡翠嫩玉擡香
臂紅日欲沉西煙中遥解觽
木綿花映叢祠小越禽聲裏春光曉銅鼓與
蠻歌南人祈賽多　客帆風正急茜袖隈墻
立極浦幾迴頭煙波無限愁

河瀆神

汾水碧依依黄雲落葉初飛翠娥一去不言

歸廟門空掩鏁覃　四壁陰森排古畫依舊
瓊輪羽駕小殿沉沉清夜銀燈飄落香灺
江上草芊芊春晚湘妃廟前一方柳色楚南
天數行斜鴈聯翩　獨倚朱欄情不極魂斷
終朝相憶兩槳不知消息遠汀時起鸂鶒

虞美人

紅窻寂寂無人語暗澹梨花雨繡羅紋地粉
新描博山香炷旋抽條睡魂銷　天涯一去
無消息終日長相憶交人相憶幾時休不堪
悵觸別離愁淚還流

好風微揭簾旌起金翼鸞相倚翠簷愁聽乳禽聲此時春態暗關情獨難平　畫堂流水空相翳一穗香搖曳交人無處寄相思落花芳草過前期沒人知

後庭花

景陽鍾動宮鶯囀露涼金殿輕飈吹起瓊花綻玉葉如剪　晚來高閣上珠簾卷見墜香千片脩蛾慢臉陪雕輦後庭新宴

石城依舊空江國故宮春色七尺青絲芳草綠絕世難得　玉英凋落盡更何人識野棠

如織只是教人添怨憶悵望無極

生查子

寂寞掩朱門正是天將暮暗澹小庭中滴滴梧桐雨　繡工夫牽心緒配盡鴛鴦縷待得没人時隈倚論私語

暖日策花驄嚲鞚垂楊陌芳草惹煙青落絮隨風白　誰家繡轂動香塵隱映神仙客狂殺玉鞭郎咫尺音容隔

金井墮高梧玉殿籠斜月永巷寂無人斂態愁堪絕　玉爐寒香燼滅淚似君恩歇翠輦

不歸來幽恨將誰說

臨江仙

霜拍井梧乾葉墮翠幃雕檻初寒薄鈆殘黛稱花冠含情無語延佇倚欄干　杳杳征輪何處去離愁別恨千般不堪心緒正多端鏡奩長掩無意對孤鸞

暮雨淒淒深院閉燈前凝坐初更玉釵低壓鬢雲橫半垂羅幕相映燭光明　終是有心投漢珮低頭但理秦箏鷰雙鸞耦不勝情只愁明發將逐楚雲行

酒泉子

空磧無邊萬里陽關道路馬蕭蕭人去去隴雲愁　香貂舊制戎衣窄胡霜千里白綺羅心逐夢隴上高樓

曲檻小樓正是鸎花二月思無憀愁欲絕鬱離襟　展屏空對瀟湘水眼前千萬里淚掩紅眉斂翠恨沉沉

斂態窗前裊裊雀釵抛頸鷰成雙鸞對影耦新知　玉纖澹拂眉山小鏡中嗔共照翠連娟紅縹緲早粧時

清平樂

愁腸欲斷正是青春半連理分枝鸞失伴又是一場離散　掩鏡無語眉低思隨芳草凄凄憑使東風吹夢與郎終日東西

等閑無語春恨如何去終是踈狂留不住花暗柳濃何處　盡日目斷魂飛晚窻斜界殘暉長恨朱門薄暮繡鞍驄馬空歸

更漏子

聽寒更聞遠鴈半夜蕭娘深院扃繡户下珠簾滿庭噴玉嚲　人語静香閨冷紅幕半垂

清影雲雨態蕙蘭心此情江海深
今夜期來日別相對秪堪愁絶隈粉面撚瑶
簪無言淚滿襟　銀箭落霜華薄墻外曉鷄
咿喔聽付囑惡情悰斷膓西復東

女冠子

蕙風芝露壇際殘香輕度蘂珠宮苔點分圓
碧桃花踐破紅　品流巫峽外名籍紫微中
真侣墉城會夢魂通
澹花瘦玉依約神仙粧束佩瓊文瑞露通宵
貯幽香盡日焚　碧煙籠絳節黃藕冠濃雲

匆以吹簫伴不同群

風流子

茅舍槿籬溪曲雞犬自南自北菰葉長水薻開門外春波漲淥聽織聲促軋軋鳴梭穿屋

樓倚長衢欲暮瞥見神仙伴侶微傳粉攏梳頭隱映畫簾開處無語無緒慢曳羅裙歸去

金絡玉銜嘶馬繫向綠楊陰下朱戶掩繡簾垂曲院水流花謝歡罷歸也猶在九衢深夜

定西番

雞祿山前遊騎邊草白朔天明馬蹄輕　鵲面

弓離短韔彎來月欲成一隻鳴髇雲外曉鴻驚
帝子枕前秋夜霜幄冷月華明正三更　何處
戍樓寒笛夢殘聞一聲遙想漢關萬里淚縱橫

河滿子

冠劒不隨君去江河還共恩深歌袖半遮眉黛
慘澹珠旋滴衣襟惆悵雲愁雨怨斷魂何處
相尋

玉胡蝶

春欲盡景仍長滿園花正黃粉翅兩悠颺翩翩
過短墻　鮮颸暖牽遊伴飛去立殘芳無語

對蕭娘舞衫沉麝香

八拍蠻

孔雀尾拖金線長怕人飛起入丁香越女沙
頭爭拾翠相呼歸去背斜陽

竹枝

門前春水竹枝白蘋花女兒岸上無人竹枝小艇斜女兒
商女經過竹枝江欲暮女兒散拋殘食竹枝飼神鴉女兒
亂繩千結竹枝絆人深女兒越羅萬丈竹枝表長尋女兒
楊柳在身竹枝垂意緒女兒藕花落盡竹枝見蓮心女兒

思帝鄉

如何遣情情更多永日水堂簾下斂羞蛾六幅羅裙窣地微行曳碧波看盡滿池疎雨打團荷

上行盃

草草離亭鞍馬從遠道此地分衿燕宋秦吳千萬里　無辭一醉野棠開江草濕佇立沾泣征騎駸駸

離棹逡巡欲動臨極浦故人相送去住心情知不共　金舡滿捧綺羅愁絲管咽迴別帆影滅江浪如雪

謁金門

留不得，留得也應無益。白紵春衫如雪色，揚州初去日。　輕別離，甘拋擲，江上滿帆風疾。却羨彩鴛三十六，孤鸞還一隻。

思越人

古臺平，芳草遠，館娃宮外春深。翠黛空留千載恨，教人何處相尋。　綺羅無復當時事，露花點滴香淚。惆悵遥天橫淥水，鴛鴦對對飛起。

渚蓮枯，宮樹老，長洲廢苑蕭條。想像玉人空處所，月明獨上溪橋。　經春初敗秋風起，紅

蘭綠蕙愁死一片風流傷心地魂銷目斷西
子

楊柳枝

閶門風暖落花乾飛遍江城雪不寒獨有晚
來臨水驛閑人多凭赤欄干
有池有榭即濛濛浸潤翻成長養功恰似有
人長點檢着行排立向春風
根柢雖然傍濁河無妨終日近笙歌驂驂金
帶誰堪比還共黃鶯不校多
萬株枯槁怨亡隋似弔吳臺各自垂好是淮

陰明月裏酒樓橫笛不勝吹

望梅花

數枝開與短墻平見雪萼紅跗相映引起誰人邊塞情　簾外欲三更吹斷離愁月正明空聽隔江聲

漁歌子

草芊芊波漾漾湖邊草色連波漲沿蓼岸泊楓汀天際玉輪初上　扣舷歌聯極望槳聲伊軋知何向黃鵠叫白鷗眠誰似儂家疏曠

泛流螢明又滅夜涼水冷東灣闊風浩浩笛

寥寥萬頃金波澄澈 杜若洲香郁烈 一聲宿鴈霜時節 經雲水過松江盡屬儂家日月

菩薩蠻 魏太尉承班

羅裾薄薄秋波染 眉間畫時山兩點 相見綺筵時 深情暗共知 翠翹雲鬢動 斂態彈金鳳 宴罷入蘭房 邀人解珮璫

羅衣隱約金泥畫 玳筵一曲當秋夜 聲顫覷人嬌 雲鬟裊翠翹 酒醺紅玉軟 眉翠秋山遠 繡幌麝煙沉 誰人知兩心

花間集卷第八

花間集卷第九　四十九首

滿宮花　魏太尉 承班

雪霏霏風凜凜玉郎何處狂飲醉時想得縱

風流羅帳香幃鴛寢　春朝秋夜思君甚

見繡屏孤枕少年何事負初心淚滴縷金雙
衽

木蘭花

小芙蓉香旖旎碧玉堂深清似水閉寶匣掩
金鋪倚屏拖袖愁如醉　遲遲好景煙花媚
曲渚鴛鴦眠錦翅凝然愁望靜相思一雙笑
靨嚬香蘂

玉樓春

寂寂畫堂梁上鷰高卷翠簾橫數扇一庭春
色惱人來滿地落花紅幾片　愁倚錦屏低

雪面淚滴繡羅金縷線好天涼月盡傷心爲
是玉郎長不見
輕斂翠蛾呈皓齒鶯囀一枝花影裏聲聲
清迥遏行雲寂寂畫梁塵暗起　玉斝滿斟情
未已促坐王孫公子醉春風筵上貫珠勻艶
色韶顏嬌旖旎

訴衷情

高歌宴罷月初盈詩情引恨情煙露冷水流
輕思想夢難成　羅帳褭香平恨頻生思君
無計睡還醒隔層城

春深花簇小樓臺風飄錦繡開新睡覺步香
堦山枕印紅腮　鬢亂墜金釵語檀偎臨行
執手重重囑幾千迴
銀漢雲晴玉漏長蛩聲悄畫堂筠簟冷碧窻
涼紅蠟淚飄香　皓月瀉寒光割人腸那堪
獨自步池塘對鴛鴦
金風輕透碧窻紗銀釭焰影斜欹枕引恨何
賒山掩小屏霞　雲雨別吳娃想容華夢成
幾度遶天涯到君家
春情滿眼臉紅銷嬌妬索人饒星靨小玉璫

攜幾共醉春朝　別後憶纖腰夢魂勞如今
風葉又蕭蕭恨迢迢

生查子

煙雨晚晴天零落花無語難話此時心梁燕
雙來去　琴韻對薰風有恨和情撫腸斷斷
絃頻淚滴黃金縷
寂寞晝堂空深夜垂羅幕燈暗錦屏欹月冷
珠簾薄　愁恨夢應成何處貪歡樂看看又
春來還是長蕭索

黃鍾樂

池塘煙暖草萋萋惆悵閑宵含恨愁坐思堪迷遥想玉人情事遠音容渾似隔桃溪偏記同歡秋月低簾外論心花畔和醉暗相携何事春來君不見夢魂長在錦江西

漁歌子

柳如眉雲似髮鮫綃霧縠籠香雪夢魂驚鍾漏歇窗外曉鶯殘月幾多情無處說落花飛絮清明節少年郎容易别一去音書斷絶

臨江仙　鹿太保虔扆

金鏁重門荒苑静綺窗愁對秋空翠華一去

寂無蹤玉樓歌吹聲斷已隨風　煙月不知人事改夜闌還照深宮藕花相向野塘中暗傷亡國清露泣香紅

無賴曉鶯驚夢斷起來殘酒初醒映窻絲柳裊煙青翠簾慵卷約砌杏花零　一自玉郎遊冶去蓮凋月慘儀形暮天微雨灑閑庭手挼裙帶無語倚雲屏

女冠子

鳳樓琪樹惆悵劉郎一去正春深洞裏愁空結人間信莫尋　竹踈齋殿迥松密醮壇

倚雲低首望可知心

步虛壇上絳節霓旌相向引眞仙玉珮搖蟾影金爐裊麝煙　露濃霜簡濕風緊羽衣偏欲留難得住却歸天

思越人

翠屏欹銀燭背漏殘清夜迢迢雙帶繡窠盤錦薦淚侵花暗香銷　珊瑚枕膩鴉鬟亂玉纖慵整雲散若是適來新夢見離腸爭不千斷

虞美人

卷荷香澹浮煙渚綠嫩擎新雨瑣窻疎透曉
風清象床珍簟冷光輕水紋平 九疑黛色
屛斜掩枕上眉心斂不堪相望病將成鈿昏
檀粉淚縱橫不勝情

虞美人 閻處士選

粉融紅膩蓮房綻臉動雙波慢小魚銜玉鬢
釵橫石榴裙染象紗輕轉婷婷 偷期錦浪
荷深處一夢雲兼雨臂留檀印齒痕香深秋
不寐漏初長盡思量
楚腰蠐領團香玉鬢疊深深綠月蛾星眼笑

微頻柳夭桃艷不勝春晚粧勻　水紋簟映
青紗帳霧罩秋波上一枝嬌卧醉芙蓉良宵
不得與君同恨忡忡

臨江仙

雨停荷芰逗濃香岸邊蟬噪垂楊物華空有
舊池塘不逢仙子何處夢襄王　珍簟對歌
鴛枕冷此來塵暗淒涼欲憑危檻恨偏長藕
花珠綴猶似汗凝粧
十二高峯天外寒竹梢輕拂仙壇寶衣行雨
在雲端畫簾深殿香霧冷風殘　欲問楚王

何處去翠屏猶掩金鸞猿啼明月照空灘孤
舟行客驚夢亦艱難

浣溪沙

寂寞流蘇冷繡茵倚屏山枕惹香塵小庭花
露泣濃春　劉阮信非仙洞客嫦娥終是月
中人此生無路訪東鄰

八拍蠻

雲鎖嫩黃煙柳細風吹紅蔕雪梅殘光影不
勝閨閤恨行行坐坐黛眉攢
愁鎖黛眉煙易慘淚飄紅臉粉難勻憔悴不

知縣底事遇人推道不宜春

河傳

秋雨秋雨無晝無夜滴滴霏霏暗燈涼簟怨分離妖姬不勝悲　西風稍急喧窗竹停又續膩臉懸雙玉幾迴邀約鴈來時違期鴈歸人不歸

臨江仙　尹參卿鶚

一番荷芰生池沼檻前風送馨香昔年於此伴蕭娘相偎佇立牽惹敘衷腸　時逞笑容無限態還如菡萏爭芳別來虛遣思悠颺慵

曩往事金鏁小蘭房

深秋寒夜銀河靜月明深夜中庭西窻幽夢等閑成逡巡覺後特地恨難平　紅燭半條殘焰短依稀暗背銀屛枕前何事最傷情梧桐葉上點點露珠零

滿宮花

月沉沉人悄悄一炷後庭香裊風流帝子不歸來滿地禁花慵掃　離恨多相見少何處醉迷三島漏清宮樹子規啼愁鎖碧窻春曉

杏園芳

嚴粧嫩臉花明交人見了關情含羞舉步越
羅輕稱娉婷　終朝咫尺窺香閣迢遙似隔
層城何時休遣夢相縈入雲屏

醉公子

暮煙籠蘚砌戟門猶未閉盡日醉尋春歸來
月滿身　離鞍偎繡袂墜巾花亂綴何處惱
佳人檀痕衣上新

菩薩蠻

隴雲暗合秋天白俯窻獨坐窺煙陌樓際角
重吹黃昏方醉歸　荒唐難共語明日還應

去上馬出門時金鞭莫與伊

浣沙溪　　毛秘書 熙震

春暮黄鶯下砌前水精簾影露珠懸綺霞低
映晚晴天　弱柳萬條垂翠帶殘紅滿地碎
香鈿蕙風飄蕩散輕煙
花榭香紅煙景迷滿庭芳草緑萋萋金鋪閑
掩繡簾低　紫鸞一隻嬌語碎翠屏十二晚
峯齊夢魂銷散醉空閨
曉起紅房醉欲銷緑鬟雲散裊金翹雪香花
語不勝嬌　好是向人柔弱處玉纖時急繡

裙腰春心牽惹轉無憀
一隻橫釵墜髻叢鬢靜眠珍簟起來慵繡羅紅
嫩抹蘇胷　羞斂細蛾魂暗斷因迷無語思
猶濃小屏香靄碧山重
雲薄羅裙綬帶長滿身新裛瑞龍香翠鈿斜
映艷梅粧　伴不覷人空婉約笑和嬌語太
猖狂忍教牽恨暗形相
碧玉冠輕裊鷰釵捧心無語步香堦緩移弓
底繡羅鞋　暗想歡娛何計好豈堪期約有
時乖日高深院正忘懷

半醉凝情卧繡茵睡容無力卸羅裙玉籠鸚
鵡猒聽聞　慵整落釵金翡翠象梳欹鬢月
生雲錦屏綃幌麝煙薰

臨江仙

南齊天子寵嬋娟六宮羅綺三千潘妃嬌艶
獨芳妍椒房蘭洞雲雨降神仙　縱態迷歡
心不足風流可惜當年纖腰婉約步金蓮妖
君傾國猶自至今傳
幽閨欲曙聞鶯囀紅窻月影微明好風頻謝
落花聲隔幃殘燭猶照綺屏箏　繡被錦茵

眠玉暖炷香斜裊煙輕澹蛾羞斂不勝情暗
思閑夢何處逐雲行

更漏子

秋色清河影澹深戶燭寒光暗綃幌碧錦衾
紅博山香炷融　更漏咽蛩鳴切滿院霜華
如雪新月上薄雲收映簾懸玉鈎
煙月寒秋夜靜漏轉金壺初永羅幕下繡屏
空燈花結碎紅　人悄悄愁無了思夢不成
難曉長憶得與郎期竊香私語時

女冠子

碧桃紅杏遲日媚籠光影綵霞深香暖薰鶯
語風清引鶴音　翠鬟冠玉葉霓袖捧瑤琴
應共吹簫侶暗相尋
懶蛾慢臉不語檀心一點小山粧蟬鬢低含
綠羅衣滲鵝黃　閑來深院裏閑步落花傍
纖手輕輕整玉鑪香

清平樂

春光欲暮寂寞閑庭戶粉蝶雙雙穿檻舞簾
卷晚天疎雨　含愁獨倚閨幃玉鑪煙斷香
微正是銷魂時節東風滿樹花飛

南歌子

遠山愁黛碧，橫波慢臉明，膩香紅玉茜羅輕。深院晚堂人靜，理銀箏。　鬢動行雲影，裙遮點屐聲。嬌羞愛問曲中名，楊柳杏花時節，幾多情。

惹恨還添恨，牽腸即斷腸。凝情不語一枝芳，獨映畫簾閑立，繡衣香。　暗想爲雲女，應憐傅粉郎。晚來輕步出閨房，髻慢釵橫無力，縱猖狂。

花間集卷第九

花間集卷第十　　五十首

毛秘書　熙震　十三首

李秀才　珣　三十七首

河滿子

毛祕書 熙震

寂寞芳菲暗度歲華如箭堪驚緬想舊歡多
少事轉添春思難平曲檻絲垂金柳小窗絃
斷銀箏 深院空聞鷰語滿園閑落花輕一片
相思休不得忍教長日愁生誰見夕陽孤夢
覺來無限傷情
無語殘粧澹薄含羞嚲袂輕盈幾度香閨眠
曉綺窗疎日微明雲母帳中偷惜水精枕上
初驚 笑靨嫩疑花坼愁眉翠斂山橫相望
只教添悵恨整鬟時見纖瓊獨倚朱扉閑立

許知别有深情

小重山

梁鷰雙飛畫閣前寂寥多少恨懶孤眠曉來閑處想君憐紅羅帳金鴨冷沉煙　誰信損嬋娟倚屛啼玉筯濕香鈿四支無力上鞦韆群花謝愁對艶陽天

定西番

蒼翠濃陰滿院鶯對語蝶交飛戲薔薇　斜日倚欄風好餘香出繡衣未得玉郎消息幾時歸

木蘭花

掩朱扉鉤翠箔滿院鶯聲春寂寞匀粉淚恨檀郎一去不歸花又落　對斜暉臨小閣前事豈堪重想着金帶冷畫屏幽寶帳慵薰蘭麝薄

後庭花

鶯啼鷰語芳菲節瑞庭花發昔時懽宴歌聲揭管絃清越　自從陵谷追遊歇畫梁塵黦傷心一片如珪月閒鏁宮闕

輕盈舞妓含芳艷競粧新臉步搖珠翠脩蛾

斂黛鬟雲染　歌聲慢發開檀點繡衫斜掩
時將纖手勻紅臉笑拈金靨
越羅小袖新香蒨薄籠金釧倚闌無語搖輕
扇半遮勻面　春殘日暖鶯嬌懶滿庭花片
爭不敎人長相見畫堂深院

酒泉子

閑卧繡幃慵想萬般情寵錦檀偏翹股重翠
雲欹　暮天屏上春山碧映香煙霧隔蕙蘭
心魂夢役斂蛾眉
鈿匣舞鸞隱映艷紅脩碧月梳斜雲鬢膩粉

香寒　曉花微斂輕呵展褭釵金鷰軟日初
昇簾半捲對殘粧

菩薩蠻

梨花滿院飄香雪高樓夜靜風箏咽斜月照
簾帷憶君和夢稀　小窻燈影背鷰語驚愁
態屏掩斷香飛行雲山外歸

繡簾高軸臨塘看雨翻荷芰真珠散殘暑晚
初涼輕風渡水香　無憀悲往事爭那牽情
思光影暗相催等閑秋又來

天含殘碧融春色五陵薄倖無消息盡日掩

朱門離愁暗斷魂　鶯啼芳樹暖鷰拂迴塘
滿寂寞對屏山相思醉夢間

浣沙溪　李秀才　珣

入夏偏宜澹薄粧越羅衣褪鬱金黃翠鈿檀
注助容光　相見無言還有恨幾迴判去又
思量月窗香逕夢悠颺

晚出閑庭看海棠風流學得內家粧小釵橫
戴一枝芳　鏤玉梳斜雲鬢膩縷金衣透雪
肌香暗思何事立殘陽

訪舊傷離欲斷魂無因重見玉樓人六街微

鏤香奩　早為不逢巫峽夢那堪虛度錦
江春遇花傾酒莫辭頻
紅藕花香到檻頻可堪閑憶似花人舊歡如
夢絕音塵　翠疊畫屏山隱隱冷鋪紋簟水
潾潾斷魂何處一蟬新

漁歌子

楚山青湘水淥春風澹蕩看不足草芊芊花
簇簇漁艇棹歌相續　信浮沉無管束釣迴乘
月歸灣曲酒盈罇雲滿屋不見人間榮辱
荻花秋瀟湘夜橘洲佳景如屏畫碧煙中明

月下小艇垂綸初罷　水爲鄉蓬作舍魚羹
稻飯常飡也酒盈杯書滿架名利不將心挂
柳垂絲花滿樹鶯啼楚岸春天暮棹輕舟出
深浦緩唱漁歌歸去　罷垂綸還酌醑孤村
遥指雲遮處下長汀臨淺渡驚起一行沙鷺
九疑山三湘水蘆花時節秋風起水雲間山
月裏棹月穿雲遊戲　鼓清琴傾淥蟻扁舟
自得逍遥志任東西無定止不議人間醒醉

巫山一段雲

有客經巫峽停橈向水湄楚王曾此夢瑤姬

杳無期　塵暗珠簾卷香銷翠幄垂西
風迴首不勝悲暮雨灑空祠
古廟依青嶂行宮枕碧流水聲山色鏁粧樓
往事思悠悠　雲雨朝還暮煙花春復秋啼
猿何必近孤舟行客自多愁

臨江仙

簾捲池心小閣虛暫涼閑步徐徐芰荷經雨
半凋疎拂堤垂柳蟬噪夕陽餘　不語低鬟
幽思遠玉釵斜墜雙魚幾迴偷看寄來書離
情別恨相隔欲何如

鸎報簾前暖日紅玉鑪殘麝猶濃起來閨思尚踈慵別愁春夢誰解此情悰　強整嬌姿臨寶鏡小池一朶芙蓉舊歡無處再尋蹤更堪迴顧屏畫九疑峯

南鄉子

煙漠漠雨淒淒岸花零落鷓鴣啼遠客扁舟臨野渡思鄉處潮退水平春色暮

蘭棹舉水紋開競攜藤籠採蓮來迴塘深處遙相見邀同宴淥酒一巵紅上面

[illegible]扣舷歌採眞珠處水風多曲岸小橋

煙深鎖荳蔻花垂千萬朶
乘綵舫過蓮塘棹歌驚起睡鴛鴦帶香遊女
偎伴笑爭窈窕競折團荷遮晚照
傾淥蟻泛紅螺閑邀女伴簇笙歌避暑信舡
輕浪裏閑遊戲夾岸荔枝紅蘸水
雲帶雨浪迎風釣翁迴棹碧灣中春酒香熟
鱸魚美誰同醉纜卻扁舟篷底睡
沙月靜水煙輕芰荷香裏夜舡行綠鬟紅臉
誰家女遥相顧緩唱棹歌極浦去

圖書在版編目（CIP）數據

宋鄂州本花間集 /（後蜀）趙崇祚輯；葉嘉瑩主編.

上海：上海古籍出版社，2025.5. --（迦陵叢書）.

ISBN 978-7-5732-1475-1

Ⅰ. I222.82

中國國家版本館CIP數據核字第2025PX1957號

封面題簽：李　欣

責任編輯：虞桑玲

封面設計：阮　娟

技術編輯：耿瑩禕　隗婷婷

迦陵叢書

宋鄂州本花間集

〔後蜀〕趙崇祚　輯

葉嘉瑩　主編

上海古籍出版社出版發行

（上海市閔行區號景路 159 弄 1–5 號 A 座 5F　郵編 201101）

（1）網址：www.guji.com.cn

（2）電子郵件：guji1@guji.com.cn

（3）易文網網址：www.ewen.co

上海麗佳製版印刷有限公司印刷

開本 720 × 1000　1/16　印張 15.75　插頁 4　字數 158,000

2025 年 5 月第 1 版　2025 年 5 月第 1 次印刷

ISBN 978-7-5732-1475-1

I · 3893　定價：188.00 元